CW01508671

PATTE DE VELOURS, ŒIL DE LYNX

DU MÊME AUTEUR

TOUJOURS AVEC TOI, Gaïa, 2010 ; Babel n° 1256.
LES OREILLES DE BUSTER, Gaïa, 2011 (prix *Page des libraires* "littérature européenne" 2011, prix des lecteurs de l'Armitière) ; Babel n° 1149 (prix Lire en Poche de littérature traduite 2013).
LE PEIGNE DE CLÉOPÂTRE, Gaïa, 2013 ; Babel n° 1346.
PATTE DE VELOURS, ŒIL DE LYNX, Gaïa, 2015 ; Babel n° 1619.
LE PIANISTE BLESSÉ, Gaïa, 2017.

Titre original :
Öga for öga, tass för tass
© Maria Ernestam, 2014, by agreement with Grand Agency

© Gaïa Éditions, 2015
pour la traduction française

ISBN 978-2-330-10331-6

MARIA ERNESTAM

PATTE DE VELOURS, ŒIL DE LYNX

roman traduit du suédois par Esther Sermage

Chapitre un

Le chat l'avait su avant tous les autres. Les yeux plissés, alerte, il épiait la maison rénovée entourée d'un jardin en friche. L'air humide du matin frôlait les cheminées, caressait les allées. Au pied d'une barrière cassée, des feuilles mortes s'entassaient.

Le chat fit ses griffes sur le tronc d'un pommier hérissé contre le ciel, puis il se faufila jusqu'aux rhododendrons. Bien que les bourgeons ne soient pas encore apparus, on détectait partout les signes d'un printemps précoce. Une tension explosive.

Ses pattes s'enfonçaient dans le terreau déjà meuble. L'hiver avait lâché prise, les doux secrets que recelait le sol allaient bientôt être exposés, mis à nu, accessibles. Puis la chaleur arriverait, et les haleines embuées des jours enneigés ne seraient plus que de lointains souvenirs.

Non pas que l'hiver le dérangeât, il était habitué aux aléas du climat. Les premiers pas sur la glace, les flocons qui poudraient son pelage. Les arbres vernis de froid. Les surfaces cristallines.

D'un bond, il monta sur le mur de pierre et inspecta son territoire, mettant tous ses sens à contribution.

Les jardins mitoyens, puis ceux des voisins plus éloignés. Il avait implacablement chassé tous ses concurrents, l'un après l'autre, sans céder un pouce. Ceux qui osaient s'aventurer dehors, dans leur propre jardin, ils les avaient vaincus à force de ruse et de haine raffinée.

Il n'était pas plus grand que ses adversaires, non, mais il avait le combat dans le sang. Ses gènes portaient les traces de générations de chats sauvages qui, ayant échappé au fléau du dorlotage, s'étaient battus pour leur survie et leur nourriture. Il n'éprouvait que du mépris envers ses congénères qui recherchaient la chaleur du foyer et les caresses de leur maître dès qu'ils sentaient poindre l'orage. Ces poltrons méritaient d'être refoulés à coups de griffe à l'intérieur de leurs maisons douillettes et de passer le restant de leur vie à pleurnicher devant une fenêtre close.

Ainsi réfugiés, ils pouvaient bien se permettre de prendre des airs farouches, de faire le gros dos, de lancer des regards noirs. Tout cela n'était que jalousie. Leurs signes extérieurs de bravoure avaient pour seul public des fleurs en pot et des bougeoirs. Ils faisaient honte à leur espèce.

Le chat trottina jusqu'au bout du ponton. Il se pencha au-dessus de la surface grise de l'eau. Pas de poisson. Un peu plus loin, quelques canards. Les cygnes n'étaient pas revenus. S'ils s'avisaient de le faire, ils ne resteraient pas longtemps.

La bassine en zinc était remplie à ras bord d'eau de pluie. Le chat s'étira de tout son long, inclina la tête en avant et lapa le liquide glacial et revigorant. Sans peur. Il ne connaissait pas la peur.

Chapitre deux

Les sols étaient encore humides. Des gouttes d'eau luisaient dans les recoins. Les artisans avaient dû quitter la maison en toute hâte dès qu'ils avaient aperçu leur voiture sur la route. Sara, debout sur le seuil, inspira l'odeur de pin et de peinture.

Une maison vide. Quelques valises dans l'entrée. L'essentiel de leurs biens était entassé dans un camion de déménagement, quelque part sur une route de campagne en Scanie, et ne serait pas livré avant le lendemain.

Björn inspectait le four et commentait la couleur des placards de la cuisine. Heureusement qu'ils avaient changé d'avis, le bois, c'était bien plus joli. Elle s'approcha de lui, se blottit contre son dos et le serra dans ses bras.

– C'est formidable.

– Je me demande bien où est la clef de l'armoire vitrée. Le déménageur dit que je l'ai prise mais je suis sûr que c'est lui qui l'a. Si on ne la trouve pas, je ne sais pas comment on va l'ouvrir.

– Elle finira bien par réapparaître.

Björn arpenta le salon en faisant l'éloge des portes.

Du boulot de pro ! Ils avaient bien fait d'engager de véritables artisans. Accroupi, il examina l'installation électrique, puis se releva et brossa son pantalon.

Michka était restée dans la voiture, enfermée dans sa cage. Lorsque Sara la porta à l'intérieur, toujours derrière ses barreaux, la chatte lui jeta un regard torve. Sara sortit ses gamelles et lui servit de l'eau et de la nourriture, puis elle posa la caisse remplie de granulés à un endroit où le sol paraissait sec. Enfin, elle ouvrit la petite grille.

Michka quitta sa prison et se mit à explorer méthodiquement les pièces. Sara ferma la porte d'entrée. Il valait mieux que la chatte découvre l'intérieur de la maison et se familiarise avec ce nouvel environnement avant de se mettre à arpenter les environs. Mais elle s'en lasserait vite. Bientôt, elle se languirait d'air et de liberté. Bientôt, elle afficherait son impatience en miaulant et en se frottant contre la porte.

Björn revint chargé de valises et de sacs en plastique. Il mit de l'eau à bouillir dans l'unique casserole qu'ils avaient apportée, puis il brandit une bouteille de champagne. Le bouchon vola avec un claquement retentissant et roula par terre. Michka se précipita sur lui.

– Merci.

– À la maison et à nous ! Parce que nous sommes des gens bien.

– À la maison et à nous ! renchérit Sara.

La boisson perlait solennellement sur sa langue. Björn déclara qu'il avait une faim de loup et se mit à sortir les courses. Sara le laissa faire. Elle monta l'escalier, son verre à la main. Dans la salle de bains, quelques serpillières pendaient sur le rebord de la baignoire. Une bouteille de produit d'entretien était posée par terre. Dans l'air, il flottait une odeur de récurage et de rinçage. Cela laissait une vague impression de précipitation.

La fenêtre donnait sur le lopin à l'abandon, couvert de taillis et de mauvaises herbes. Groseilliers et framboisiers étaient retournés à l'état sauvage. Le pommier ne donnerait pas de fruits comestibles avant de longues années. Sara avait rarement vu un jardin aussi négligé.

Mais elle avait eu le coup de foudre. La vision s'était tout de suite imposée, elle savait ce qu'elle allait en faire : un jardin sauvage où prospéreraient les espèces locales. Des coquelicots, des bleuets, peut-être quelques églantines. Le genre de paysage dans lequel elle se plaisait et qui, du moins l'espérait-elle, plairait à d'autres. À part de rares connaisseurs aux doigts verts, les gens n'avaient ni le temps ni l'envie de tondre la pelouse ou cultiver un potager. C'était tout juste s'ils arrivaient à fleurir leurs balcons.

Son jardin serait la preuve vivante qu'on peut entretenir un terrain sans que cela devienne un travail d'orfèvre. Elle voulait que les gens s'en inspirent et fassent appel à ses services divers et variés. Elle pouvait leur recommander un endroit propice aux azalées ou transformer une arrière-cour à l'état de dépotoir en jardin fleuri. Björn avait trouvé son projet bien formulé. Citadin, col blanc, il n'était pas très enclin à salir sa chemise en travaillant la terre. L'air de la campagne, il le préférait en boîte.

Il l'appela depuis la cuisine. En redescendant, Sara découvrit que le couvert était mis. Sur une nappe à même le sol, Björn avait disposé du pain et de bonnes petites choses dans des pots en plastique. Serviettes et bougies allumées, sans oublier la bouteille de champagne entamée. Sara s'assit en tailleur.

Il s'installa en face d'elle et se servit goulûment des crevettes. Il n'aurait jamais cru que les travaux donneraient d'aussi bons résultats – était-ce le souvenir refoulé de la puanteur d'une écurie à proximité, lors de leur première visite, et de ses chaussures neuves souillées de terre humide. Sara réfléchit un moment, puis elle lui demanda s'il était bien sûr de se plaire dans cette maison.

– Absolument.

– On est assez loin de la ville.

– Une demi-heure de voiture, en écoutant de la musique ou la radio. Je ne crois pas que ça me dérangera. Par contre, ça risque d'être plus difficile pour toi. Tu seras ici en permanence, avec tes plantes pour seule compagnie – et Michka, bien sûr. Mais elle va vite s'éloigner du jardin. Il doit y avoir de bons gros rats dans la forêt, là-bas.

Sara plongea son couteau dans une purée indéfinissable.

– Ça ne me dérange pas. D'ailleurs, si je m'ennuie, je n'aurais qu'à prendre la voiture. Pour moi aussi, la ville n'est qu'à une demi-heure.

– Il faudra acheter une deuxième voiture.

– J'y ai déjà pensé. Une grande. Avec un énorme coffre pour transporter de la terre et des plantes.

Björn leur resservit du champagne.

– Tu en trouveras certainement une d'occasion dans le coin, avec des restes d'engrais incrustés dans les sièges. Tu pourrais en parler aux voisins, par exemple.

Björn but avec délectation, savourant manifestement chaque grain de raisin pressé pour composer le nectar. Ses doigts longs et fins ne se laissaient tacher que par du stylo à bille – l'outil le plus approprié pour résoudre des problèmes de mathématiques. À une autre époque, il aurait écrit à la plume et à l'encre de Chine. Björn et ses mains de pianiste. Un esthète né.

Comme elle avait pu le constater à plusieurs reprises pendant leurs trois années de vie commune, ils étaient très différents. Quelques mois plus tôt, ils avaient presque rompu mais, désormais, leur relation était aussi retapée que leur maison.

Passant la main sur sa queue-de-cheval, elle trouva l'élastique et l'ôta, libérant ses cheveux qui tombèrent

sur ses épaules. Puis elle les rassembla à nouveau.
Björn l'observait.

– C'est joli quand tu les laisses détachés.

– Mais pas pratique.

– Mais joli.

Arrivée de nulle part, Michka s'allongea à côté d'eux. Sara lui tendit un morceau de fromage, qu'elle renifla et dédaigna. Cohérente dans ses choix de nourriture, la chatte n'acceptait que les croquettes d'une marque particulière. Un jour, Björn, trouvant qu'il y avait des limites aux caprices d'un chat, avait acheté un grand pack économique d'une autre sorte. Un combat d'une semaine s'était ensuivi. Michka avait obstinément refusé d'en manger jusqu'à ce que Björn cède, lui achète sa marque habituelle et fasse don du gros sac à une connaissance dont le chat était moins difficile.

Björn regardait Michka. « La nouvelle fromagerie du centre-ville est une vraie merveille », dit-il. Enfin une boutique qui proposait un choix continental. On ne pouvait pas toujours manger de l'insipide fromage de table suédois. Rien que le nom. « Fromage de table. »

Sara étira les jambes. Ses pieds s'engourdissaient. Dehors, l'obscurité s'épaississait. Sans lampe, ils ne veilleraient pas tard. Leurs tapis de sol les attendaient pour la nuit. Soudain, une idée lui traversa l'esprit.

– À propos de voisins...

– Oui ?

– Tu leur as parlé de la barrière ?

– Lui, je l'ai croisé la semaine dernière. Il m'a dit qu'il demanderait à sa femme mais que ça ne devrait pas poser de problème. Il a répété plusieurs fois qu'ils étaient ravis que la maison soit remise en état.

Leurs seuls voisins directs habitaient une maison en bois juste en face de chez eux, peinte en rouge et entourée d'un grand jardin traditionnel. Leur pelouse semblait bien entretenue.

– Il t'a dit autre chose ?

Björn leur servit ce qu'il restait de champagne.

– Il était assez bavard. Il travaille dans les assurances. Lui et sa femme se plaisent beaucoup dans le coin, ils aiment le calme. On n'est pas les uns sur les autres. Ceci dit, les voisins s'entraident, pas de problème pour trouver quelqu'un qui ramasse le courrier quand on part en voyage.

– Ça veut dire que les gens se fréquentent ?

– Se fréquentent… Je ne sais pas. Possible.

– Alors on sera sûrement invités à une fête, tôt ou tard.

Björn sourit.

– Du moment que tu te conduis correctement et que tu ne mets pas la musique trop fort…

Elle lui rendit son sourire – un gros progrès car le sujet était sensible. À l'époque, la remarque l'aurait excédée. Dès qu'elle mettait de la musique, leurs voisins tapaient par terre, c'est-à-dire juste au-dessus de sa tête. En dessous aussi, cela grognait à tout bout de champ. À la fin, elle n'osait même plus marcher en chaussures chez elle. Dans l'immeuble, l'ambiance était exécrable. Elle frémit d'horreur à ce souvenir...

Les ronds de jambe à chaque fois qu'ils s'apprêtaient à recevoir des amis. « Excusez-nous, mais on fait un dîner ce soir. » Les sourires forcés, les hochements de tête froids. Les remarques incessantes. « Ce serait sympa si les gens débarrassaient la laverie quand leur plage horaire est terminée. Y compris leur carton de lessive vide. Et les poils de chat... Il y a des gens qui sont allergiques, vous savez... » La réponse prudente de Sara : leur chat se trouvait soit chez eux, dans leur appartement, soit dehors, à l'extérieur de l'immeuble. On ne le laissait jamais traîner dans les parties communes. Avec un sourire clément, la voisine avait balayé l'objection d'un geste de la main. Sous-entendu : les poils de chat pouvaient provoquer des crises d'asthme même à travers les murs les plus épais, n'importe quel idiot savait cela.

L'escalade. Le couple d'étudiants qui avait emménagé dans l'immeuble. Elle du Norrland, lui du Kenya. La convocation à une réunion où il était souhaitable que tous, oui, tous, soient présents. L'animosité envers le jeune Africain – la disgracieuse vérité dévoilée au grand jour. Les observations sournoises au racisme sous-jacent : retards de loyers par-ci, individus criminels par-là… Il y avait quand même des limites à ce qu'on pouvait endurer dans un immeuble. Puis le bouquet final : un débat enflammé au cours duquel immigrés et chats avaient été mis dans le même panier.

– Je vais écouter de la musique très fort pendant un mois avant de m'habituer.

Vidant son verre, Sara se dit que les bulles lui montaient à la tête au moins autant que l'accession à la propriété. Elle se pencha vers Björn et l'embrassa sur la bouche. Il l'attira vers lui, trouva l'élastique qui retenait ses cheveux et le retira lentement.

– On va se plaire ici, marmonna-t-il, le visage enfoui dans ses cheveux relâchés. J'en suis sûr, on va beaucoup se plaire. Personne pour nous déranger… sauf si on le souhaite.

D'une main, il lui caressait le dos et, de l'autre, il se mit à déboutonner son chemisier. Puis il ôta sa propre chemise sans défaire ses boutons de manchette, ce qui lui demanda quelques efforts supplémentaires. Des boutons de manchette un peu vulgaires, un peu trop voyants – un cadeau de Sara.

Soudain, alors qu'ils étaient étendus sur une serviette à côté des reliefs du repas, on frappa à la porte. Björn l'ignora. On frappa une deuxième fois. Il leva la tête, surpris et en colère. Ils attrapèrent leurs habits à la hâte.

– Les Paulsson nous ont peut-être poursuivis jusqu'ici, dit-il, irrité.

– Arrête, tu me fais peur !

– On est obligés d'ouvrir ?

Sara se lissa les cheveux.

– On n'est pas obligés, mais autant le faire.

Pendant que Björn tentait de mettre un peu d'ordre par terre, Sara se leva.

Troisième coup à la porte. Elle ouvrit grand.

Sur le seuil, un homme et une femme. Lui, d'une stature agréable, avait l'air confus derrière ses lunettes. Elle, sportive, le visage en forme de cœur, tenait un plat recouvert d'un torchon. Des fossettes soulignaient joliment son sourire.

– On voulait juste vous souhaiter la bienvenue. Je m'appelle Agneta et voici mon mari, Lars. On vous a vus pendant les travaux, bien sûr, mais on ne voulait pas vous déranger en pleine conversation avec les artisans.

Sara prit le plat, tout juste sorti du four et encore chaud. Il en émanait une odeur délicieuse.

– Merci, c'est très gentil... dit-elle.

Lars dit timidement :

– On a vu votre voiture et on s'est dit que vos meubles devaient arriver plus tard. C'est un peu difficile quand tout n'est pas encore en place, alors si vous avez besoin de quelque chose, il n'y a qu'à demander. Une lampe, par exemple.

Agneta attrapa un objet posé par terre à côté d'elle : une thermos.

– J'ai pensé qu'un peu de café chaud vous ferait plaisir.

Sara songea à la casserole d'eau que Björn avait fait bouillir. Au café lyophilisé. Agneta lui tendit l'énorme thermos, qui devait avoir une contenance de dix tasses. Sara n'avait plus qu'à le prendre. Elle remercia sa voisine pour toutes ces attentions.

Lars était sur le point de dire au revoir quand, spontanément, Björn les invita à entrer prendre une tasse. Peut-être étaient-ils curieux de voir le résultat de tout le remue-ménage qu'ils avaient pu observer de l'extérieur… Les tas de matériel de construction, les accès parfois encombrés…

Lars hésita, puis se décida à suivre Agneta dans le hall. Björn s'excusa de l'ameublement rudimentaire. Cette fois, il faudrait s'asseoir à même le sol mais, bientôt, ils les accueilleraient avec plus de faste.

Agneta ôta ses chaussures et demanda à Lars d'en faire autant. S'asseoir par terre ? Aucun problème, ajouta-t-elle à l'intention de Björn. En tant que kinésithérapeute, elle avait l'habitude des exercices sur les tapis de gym.

Ils restèrent debout au milieu du salon. Lars et Agneta n'étaient pas avares de compliments. Björn racontait les angoisses techniques de la rénovation. Lars acquiesçait. Eux aussi avaient fait des travaux, pas aussi ambitieux que ceux de Björn et Sara, mais cela leur avait tout de même coûté assez cher.

– Nous n'avons pas encore fait l'étage. D'ailleurs, ça pourrait ressembler à ça, dit Lars à l'intention de sa femme.

Avec une honnêteté désarmante, Agneta se déclara très jalouse. Qui avait été le maître à penser du projet ? Sara lui expliqua que toutes les décisions avaient été prises en commun, mais que Björn était plutôt porté sur l'intérieur et elle-même, plutôt sur l'extérieur.

En montant à l'étage, Agneta et Lars demandèrent à Sara ce qu'elle faisait dans la vie. Auto-entrepreneur paysagiste, répondit-elle. Depuis peu. Lars eut enfin l'air de se détendre un peu.

– Alors on pourra discuter jardinage par-dessus la clôture de temps en temps, dit-il.

Agneta précisa que chez eux, Lars était responsable du jardin. Les bulbes au printemps, les baies en été, les feuilles mortes en automne... Ça n'arrêtait jamais. D'ailleurs, dans sa remise, Lars avait toutes les machines possibles et imaginables et, bizarrement, il y régnait toujours un ordre irréprochable.

Lars lança un coup d'œil hésitant à sa femme avant de raconter que son père, jardinier de profession, lui avait tout appris, de la planification à l'entretien. À l'époque, Lars lui-même trouvait cela barbant mais, désormais, le jardin était devenu son havre de tranquillité. Dans son métier, il avait rarement l'occasion d'être au grand air, et il savourait chaque instant passé à travailler de ses mains.

Sara et Lars, plongés dans une discussion sur les roses, s'attardèrent dans la salle de bains. Dans ce climat, elles fleurissaient abondamment et, si Sara le désirait, Lars pouvait lui conseiller quelques variétés appropriées, enfin, si ça l'intéressait de connaître l'avis d'un amateur.

Agneta et Björn les avaient devancés dans l'escalier. Lorsque Lars et Sara les rejoignirent en bas, ils étaient déjà assis par terre. Devant eux, quatre tasses fumantes : le double couvercle de la thermos d'Agneta était venu compléter les tasses de Björn et Sara. Les petits pains d'Agneta étaient parfaits, joliment décorés de sucre perlé.

Mais elle dénigra sans tarder ses talents de pâtissière : tripatouiller dans la cuisine, cela lui arrivait rarement. Avec un coup d'œil en biais sur la bouteille de champagne, elle demanda à Björn et Sara comment ils avaient atterri là. Sara voulut répondre, mais Björn la devança.

– C'est surtout pour Sara. En fait, la campagne, ce n'est pas trop mon truc.

Agneta sourit, puis elle étira ses bras musclés, qui évoquaient ceux d'une nageuse.

– Nous aussi, on avait des idées préconçues : la campagne idyllique, la tranquillité. Mais on se rend vite compte que dans une maison, il y a toujours quelque chose à faire.

– Enfin, quand c'est aussi neuf qu'ici, on a pas

mal de temps avant les premières réparations, dit Lars en souriant gentiment à l'attention de Sara. Votre maison est nettement plus récente. Le côté vieillot de la nôtre… C'est ce qui en fait le charme. Mais, c'est vrai, ça n'en finit plus.

Björn leur demanda depuis quand ils habitaient là. Lars regarda Agneta, qui prit un air songeur avant de répondre : sept ou huit ans, peut-être… On perdait la notion du temps à la campagne, les jours se confondaient, les saisons allaient et venaient, on mélangeait tout.

Agneta se leva. Pas question de déranger plus longtemps leurs voisins. Lars renouvela sa proposition : s'il leur manquait quelque chose, il n'y avait qu'à demander.

Les visiteurs ramassèrent leurs chaussures et les enfilèrent sur le palier. La porte resta donc grande ouverte un instant.

– Michka !

La chatte se libéra de l'emprise de Sara. Vive comme l'éclair, Agneta l'attrapa sur le pas de la porte et la souleva. Surprise, la chatte plongea les yeux dans un visage inconnu. Agneta se tourna vers Sara.

– Comme elle est belle… Elle a une queue magnifique.

Agneta gratta Michka derrière les oreilles. La chatte se mit à ronronner. D'ordinaire, elle ne se laissait pas apprivoiser aussi facilement.

– Tu as l'habitude des chats, ça se voit.

– Oui. Nous aussi, nous avons un chat. Un chat norvégien. Gris tigré.

Agneta lâcha Michka. Lui barrant la voie du pied, Sara l'empêcha de sortir.

– Une maison sans chat, ce n'est pas une vraie maison, dit Agneta.

Elle les remercia pour le café, puis Lars et elle repartirent.

Björn s'assit et prit un petit pain.

– À propos de voisins… dit-il après un moment.

– S'ils apportent des petits pains fait maison à chaque fois, ça ne me dérange pas.

– C'est ce que j'allais dire. Quelle différence !

Sara le rejoignit. Il l'entoura de son bras.

– Tu es fatiguée ?

– Un peu.

La maison était plongée dans l'obscurité. Le soir les avait rattrapés. Les ombres projetées par les bougies étiraient leurs tentacules aux quatre coins de la pièce. Leurs paroles provoquaient un léger écho contre les murs vides.

– Ça ne devrait pas être un problème de poser une clôture, dit Björn.

– Tant mieux.

Sara s'allongea de tout son long, le dos un peu endolori, et Björn s'étendit à côté d'elle.

– Elle est plutôt mignonne, cette Agneta.

S'appuyant sur le coude, Sara se releva légèrement et, du bout des doigts, caressa les sourcils de Björn.

– C'est parfait. Vous pourrez parler gymnastique pendant que Lars et moi, on discute jardinage.

– Je n'ai pas dit que j'avais envie de les fréquenter. J'ai dit qu'elle était plutôt mignonne. Mais pas autant que toi.

Björn embrassa Sara, fourra la main dans ses cheveux et lui caressa la nuque. On frappa encore à la porte.

– Merde alors !

Björn se leva et alla ouvrir. Sara reconnut la voix de Lars. La porte se referma et Björn revint avec une lampe. Il la brancha et appuya sur l'interrupteur. Un faisceau restreint illumina la pièce.

– C'est gentil.

– Oui. C'est gentil.

L'air pensif, Björn dit qu'il allait chercher des draps.

Sara débarrassa le repas. Elle rinça la vaisselle et rangea les restes dans leur nouveau réfrigérateur d'une propreté clinique. Puis, sur un coup de tête, elle cria à Björn qu'elle allait faire un tour dans le jardin.

Elle arpenta la pelouse dans l'air frais du soir, ses chaussures s'enfonçaient légèrement dans la terre meuble. Elle toucha le tronc du vieux pommier. À l'abandon. Il faudrait mener une lutte acharnée contre la teigne des pommes.

Sur le ponton, elle laissa son regard errer sur l'eau. Ils s'étaient installés ici surtout pour elle, avait dit

Björn. Ses propos l'avaient blessée. Pourtant, c'était vrai. Il aurait sans doute aussi bien pu rester en ville : acheter un appartement, laisser le syndic s'occuper des démarches administratives et de l'entretien. Ou pas. Cependant, il avait lui-même plaisanté sur leur changement de vie en s'arrogeant le titre de « Björn le propriétaire foncier ». Finalement, ils n'étaient qu'à une demi-heure de la ville. Et puis rien n'était éternel, on pouvait toujours changer d'avis.

Elle enfonça ses mains dans ses poches. Soudain, elle pensa à sa grand-mère Lea, hospitalisée après un accès de fièvre. Sara avait prévu de lui rendre visite dans les jours suivants. Cela ne la dérangeait pas, au contraire. Un moment en compagnie de sa grand-mère, voilà qui lui remonterait le moral. Le cran et la droiture de la vieille dame, qui avait dû affronter son lot d'épreuves dans la vie, inspiraient le respect. Sara essayait de se montrer digne d'elle. Lea ne faisait pas ses quatre-vingt-dix ans, et son bon gros chat avait lui aussi atteint un âge respectable : dix-huit années sur l'échelle des êtres humains. Il ressemblait tant à Scat Cat dans *Les Aristochats* que Sara se surprenait souvent à l'imaginer en nœud papillon et chapeau, jouant un solo de trompette dont les modulations se propageaient dans les ruelles parisiennes.

La lumière de la lampe prêtée filtrait à travers les fenêtres. Comme c'était gentil de la part de Lars… Un homme aimable au physique agréable, en contraste avec Agneta et son énergie sous tension. Entre voisins, ils allaient sûrement pouvoir se rendre service sans exiger en retour autre chose qu'un petit moment de sociabilité de temps en temps.

Deux cygnes flottaient sur l'eau. Un croissant de lune répandait son scintillement. Les planches pourries du ponton avaient besoin d'être changées. Toujours quelque chose à faire dans une maison. Chaque chose en son temps. Elle respira profondément et songea au camion de déménagement, à leurs affaires qu'il faudrait décharger et à la maison à meubler.

Des feuilles mortes flottaient à la surface d'une bassine en zinc remplie de vieille eau de pluie. Au fond gisait quelque chose de sombre. Elle s'accroupit, scrutant l'eau cristalline. La souris était en position fœtale. Son pelage, ses yeux, comme des perles, ses griffes sorties, sa queue formant un bel arrondi.

Ainsi enveloppée d'eau, elle évoquait un paisible repos plutôt qu'une mort atroce. Ou la mort en général.

Chapitre trois

Des oiseaux en vol poussaient des cris plaintifs – peut-être des oies sauvages allant passer l'été dans la lumière du Nord.

Appuyée sur une pelle, Sara les suivait du regard. Michka les avait vus aussi, bien sûr, sans doute bien avant sa maîtresse. La chatte piétinait dans l'embrasure de la porte, lançant des regards inquiets autour d'elle. Sara tenta de l'attirer au-dehors, mais elle fit un bond en arrière et fila à l'intérieur. Elle réapparut derrière une fenêtre, épiant le jardin.

Une grosse pierre ébranlée après des années d'immobilité refusait de lâcher prise. Sara mit le pied sur le fer de sa bêche et s'appuya de tout son poids sur le manche, sentant la sueur perler sous ses aisselles. Une douleur lui traversa la hanche. Encore un effort… La pierre céda enfin et tomba sur le côté, inerte. Dans le trou, des vers de terre rampaient, surpris par la brusque lumière du jour.

Sara s'affaissa par terre et s'essuya le front. Quel sol revêche ! Elle taillait, tirait, portait, creusait et labourait depuis plusieurs semaines. Les mauvaises herbes s'étaient révélées particulièrement obstinées. Il allait lui falloir plus de temps que prévu pour mettre de l'ordre dans ce jardin de misère. Même la fourmilière avait été tenace. Les fourmis revenaient implacablement en colonnes rangées s'approprier le terrain.

À part cela, on avançait à peu près selon le planning. Le camion était arrivé, Björn avait trouvé la clef de l'armoire vitrée. Les meubles étaient en place et le tas de déchets avait été apporté à la déchetterie. Björn s'était habitué à son temps de transport quotidien. Quant à Sara, elle était plus qu'heureuse de pouvoir trimer en paix dans la nature.

Lorsqu'elle se promenait ou faisait ses courses à l'épicerie locale, les gens des environs la saluaient, mais Lars et Agneta étaient les seuls voisins avec lesquels ils avaient réellement fait connaissance. D'ailleurs, leurs deux maisons se trouvaient un peu à l'écart du reste du village. Il y avait peu de passage devant chez eux.

Agneta lui avait fait visiter les environs. Lars lui avait proposé tout ce qu'il possédait d'outillage, y compris ses propres mains. Sara et lui étaient tous les deux matinaux. Ils se croisaient parfois pendant leur jogging, et il leur était même arrivé de courir ensemble.

Agneta avait beaucoup insisté pour que Björn et Sara viennent dîner chez eux, et le grand jour était arrivé. Sara avait déjà eu l'occasion de jeter un coup d'œil dans la vieille maison rouge, accessoirement, en venant emprunter une petite pelle ; Björn aussi, en passant demander à Agneta où se trouvait le garage le plus proche.

Leur maison était effectivement plus vieille que la leur, on y avait soigneusement conservé le style ancien. De toute évidence, on avait consacré un temps considérable à la décoration. Agneta aimait farfouiller dans les brocantes et les ventes aux enchères. Ça ne manquait pas dans la région, et si l'un d'eux avait envie de l'accompagner, il n'y avait qu'à prévenir.

Tout allait donc au mieux. Sauf entre Michka et Alexander, le chat de Lars et Agneta.

Sara l'avait aperçu dès le lendemain de leur arrivée. En se levant de leur rude campement sur le sol de la chambre à coucher, elle avait trouvé Michka assise à une fenêtre, le regard perdu au-dehors.

Puis, s'approchant, elle avait aperçu un chat inconnu qui se pavanait dans leur jardin avec le panache d'un propriétaire paradant sur ses terres, son pelage gris tigré hérissé en couronne autour de la tête. Le chat lion s'arrêta sans gêne sur leur pelouse, menaça un oisillon, puis s'éloigna à pas amples vers le ponton.

Le jardin de Björn et Agneta faisait manifestement partie intégrante du territoire d'Alexander.

Ils ne s'en étaient pas spécialement inquiétés. Sara sortait Michka en laisse pour explorer les environs. Quelques jours plus tard, elle l'avait lâchée. Michka, qui avait l'habitude d'être en plein air, avait quitté sa prison rénovée avec une satisfaction ostentatoire, se contentant d'abord de courtes promenades.

Un soir, la chatte avait disparu. Sara l'avait cherchée partout. Malgré son inquiétude, elle s'était mise au lit sans l'avoir trouvée. Il n'y avait sans doute pas de danger. Leur chatte avait déjà passé la nuit dehors. C'était une bonne chasseuse, elle savait se nourrir par ses propres moyens.

Cela dit, ils étaient dans un environnement complètement nouveau : les odeurs, les routes, les gens. L'idée que Michka puisse s'être égarée, cachée quelque part sous un arbre, incapable de retrouver son chemin, hanta Sara toute la nuit. Elle se leva plusieurs fois. Björn, en revanche, dormit profondément, convaincu qu'un chat possédait plus de vies qu'il n'en fallait pour s'en sortir.

Vers six heures du matin, Sara crut entendre un miaulement. En ouvrant la porte, elle trouva Michka tapie contre le mur. Un peu plus loin, le chat lion de Lars et Agneta les épiait.

Michka se glissa à l'intérieur et se faufila sous le canapé, où elle resta réfugiée pendant plusieurs heures, refusant de sortir même soumise à la tentation d'une gamelle remplie de nourriture. Finalement, Sara parvint à la débusquer. La chatte ne présentait aucune blessure visible mais, par endroits, sa fourrure était hirsute. Elle cracha et se tortilla sur les genoux de Sara pendant que celle-ci démêlait ses nœuds à l'aide d'une brosse.

Michka avait été opérée ; Sara supposait qu'Alexander l'était aussi. Quoi qu'il en soit, il n'y avait manifestement pas d'affinités entre les deux chats. Pas étonnant. Alexander s'était baladé librement dans leur jardin pendant plusieurs années. Il n'avait aucune raison d'accepter que, du jour au lendemain, Michka envahisse son territoire. Il fallait laisser faire la nature. Et puis les deux chats ne manquaient vraiment pas de place.

Voilà ce que se disait Sara. Vaine pensée. Michka avait bien tenté de sortir quelques jours plus tard, quand Sara jardinait au bord de l'eau. La promenade s'était bien passée. Le lendemain aussi. Le troisième jour, cependant, Sara entendit un feulement agressif qui semblait provenir de derrière la maison. Elle accourut. Alexander avait cloué Michka au sol et montrait ses dents, conquérant.

Sara bondit vers la pelote de fourrure. Alexander lâcha prise et s'enfuit. Michka se précipita vers la porte de la maison et exigea bruyamment qu'on la lui ouvre. Depuis, elle refusait de sortir.

L'enfermement ne lui réussissait pas. Parfois, brusquement, elle mordait au milieu d'une caresse. Elle passait ses journées devant la fenêtre, regardant mélancoliquement au-dehors, mais impossible de lui faire passer le seuil de la maison. Et si on essayait de la porter dehors, elle se débattait en poussant des cris plaintifs. Alexander continuait à arpenter sans gêne leur propriété.

Björn et Sara envisagèrent un moment d'en parler à Lars et Agneta, mais on ne pouvait pas raisonnablement leur demander de garder Alexander enfermé pour lui apprendre à vivre. La seule solution était de lui mettre une telle frousse qu'il ne s'aventure plus dans leur jardin.

En cachette, ils versèrent de l'eau dans des seaux qu'ils disposèrent à des endroits stratégiques. Le liquide froid était censé mouiller le chat et lui faire préférer d'autres terrains de chasse. Sara réussit à l'asperger une seule fois. Quant à Björn, il n'eut pas plus de succès. Il parvint à sortir le tuyau d'arrosage à temps à une occasion également. De toute façon, ils ne savourèrent pas longtemps ces victoires. Alexander détalait mais, pas plus tard que le lendemain, il était de retour.

Une circonstance triviale était en train de leur gâcher la vie. Michka, pourtant propre depuis des années, s'était mise à faire ses besoins ici et là dans la maison. Elle n'allait pas bien, c'était évident. Sara souffrait avec elle. De plus, elle était régulièrement obligée de récurer des sols qui perdaient peu à peu leur fraîcheur. Il semblait improbable que Michka s'habitue à l'oisiveté de la vie d'intérieur. Elle voulait gambader en toute liberté – un désir parfaitement légitime.

En se penchant sur sa pelle, Sara vit Alexander approcher, la queue dressée en l'air. Elle attrapa un caillou, mais manqua sa cible. Alexander s'arrêta, la fixa du regard, puis continua son chemin vers l'eau avec plus d'assurance que n'en eut jamais le Chat Botté.

Il se croyait tout permis ! Sara lâcha sa pelle. Sur le point de se lancer à la poursuite du monstre, elle aperçut la voiture d'Agneta qui approchait.

C'était une journée chaude. Agneta, vêtue d'une robe à fleurs et de nouvelles chaussures, arborait un air printanier. Avait-elle vu Sara jeter la pierre ? Agneta était caractérielle, aucun doute là-dessus, et elle adorait son chat. Toutefois, elle rejoignit Sara avec un large sourire.

– Tu trimes, dis donc !

Ce commentaire rappela à Sara à quel point elle était crasseuse. Elle avait transpiré et ses ongles en deuil contrastaient avec les mains propres de sa voisine.

– Oui, il y a du boulot.

– Ça te fait de l'exercice ! Il faut voir le bon côté des choses. Ça donne de très beaux muscles.

– Oui, c'est mieux que rien.

Agneta avança sur la pelouse.

– Tu vas prendre de belles couleurs. Tu es déjà bronzée.

– Je bronze facilement. Comme ma mère. Elle était turque.

– C'est donc d'elle que tu tiens ces cheveux magnifiques et ces yeux noirs !

Sara ne savait plus quoi dire. Agneta parcourut des yeux le jardin.

– C'est incroyable, tout ce que tu as défriché ! Ça faisait tellement longtemps que personne ne se souciait de ce jardin… On voit bien qu'il a été entretenu par le passé, mais il est resté à l'abandon pendant très longtemps. Je vous envie, toi et Lars, d'être si doués pour créer un bel environnement.

Elle raconta qu'elle avait grandi au bord de l'eau. Elle se sentait donc plus de la mer que de la terre. Dans le temps, elle sortait très souvent en bateau, seule ou avec ses parents, surtout avec sa mère, qui lui avait appris à manœuvrer tous types d'embarcations : voiliers, bateaux à moteur ou autre. C'était une femme formidable. Elle avait tant de qualités…

Lorsque Agneta prononça cette dernière phrase, sa voix s'éteignit. Elle frissonna comme si elle avait froid. Puis, passant du coq à l'âne, elle se mit à décrire l'évolution du pommier. Alexander approchait du haut d'un mur de pierre. Agneta allait-elle commenter sa présence ou Sara devrait-elle s'en charger ? L'occasion lui semblait toutefois mal choisie. D'ailleurs, Agneta remarqua à peine l'arrivée de son animal domestique. Changeant encore de sujet, elle parla du dîner prévu le soir même.

Lars s'en réjouissait depuis longtemps. Il avait très envie de discuter plantations et cultures avec Sara. D'ailleurs, il se plaisait à la regarder travailler. Il répétait sans arrêt qu'il avait beaucoup de choses à apprendre d'elle.

Sara était sur le point de vanter la remise bien remplie de Lars, mais Agneta la devança.

– Encore une chose.

Elle ouvrit son sac et en sortit un rouleau de voilage de dentelle.

– Je me suis dit que ça pourrait te servir.

Sara prit le tissu. Elle ne voulait pas le salir avec ses mains boueuses, mais elle se voyait mal le poser par terre.

– Qu'est-ce que c'est ?

– Pour votre salle de bains. Votre fenêtre donne directement sur les nôtres. Quand vous vous douchez ou que vous faites votre toilette, de chez nous, on voit tout. Alors je t'ai apporté des rideaux.

– Je ne crois pas que…

– Björn et toi, vous trouverez sûrement ça plus agréable. Comme ça, personne ne pourra vous épier dans votre salle de bains. Et pour Lars et moi, ce sera plus agréable aussi.

Elle avait insisté sur « Lars ». Les joues enflammées, Sara la regarda droit dans les yeux. Elle s'apprêtait à protester, mais Agneta lui fit un sourire totalement dénué de hargne.

– Alors, à ce soir ! Au fait, si tu veux un coup de main pour enlever ce tas de branches, on pourra s'y mettre tous ensemble ce week-end.

Sur ces mots, elle rejoignit sa voiture. Le véhicule démarra avec un sursaut d'impatience. Sara le regarda disparaître, puis se retourna vers le mur de pierre. Alexander s'était éclipsé, mais Michka était toujours assise à la fenêtre, l'air profondément malheureuse.

Sara empoigna le rouleau de tissu. Elle faillit le jeter dans le trou qu'elle venait de creuser, mais se ravisa. Mieux valait en parler à Björn quand il rentrerait.

Chapitre quatre

– Il me voit une fois. Il me voit deux fois. La troisième, c'est déjà lassant, non ?

– Je ne sais pas si ça fonctionne comme ça.

Elle attrapa la bière que lui tendait Björn et but avec tellement d'ardeur qu'elle en avala de travers. Elle parvint à dire quelques mots malgré la toux : cette histoire la mettait mal à l'aise.

– Tu n'es pas obligée de le prendre comme ça. C'était peut-être bienveillant de sa part.

– Bienveillant ? Il est hors de question que j'accroche ces rideaux dans ma salle de bains.

– Alors mets-y quelque chose qui te plaît.

– Tu trouves qu'on doit céder ? Pas question. Je n'ai pas l'intention de gâcher la vue.

Björn ne dit rien. Michka se frotta à leurs jambes, puis se coucha.

– Elle est sortie aujourd'hui ? demanda Björn.

– Non, elle est restée devant la fenêtre à regarder fixement le jardin. Et Alexander a passé la journée chez nous comme si de rien n'était. J'ai essayé de le chasser mais ça n'a pas marché.

– On va trouver une solution.

Björn prit la main de Sara, mais elle la retira vivement.

– Quel mauvais goût de venir avec ces rideaux le jour où on doit dîner chez eux ! Je me sens franchement mal à l'aise à l'idée de passer la soirée avec eux alors qu'Agneta est en colère parce que Lars me regarde sous la douche. Si c'est vraiment le cas.

– Arrête…

Björn posa sa bouteille avec fracas.

– Tu as dit toi-même qu'Agneta n'avait pas l'air en colère. Peut-être qu'elle cherchait simplement à prévenir un incident. Tu te rends compte si un jour, en jetant un coup d'œil par la fenêtre, tu avais surpris Lars en train de t'observer ! Tu te serais dit qu'il te regardait sûrement depuis plusieurs mois et tu aurais eu honte. Ça t'évitera ce genre de désagrément.

Björn lui demanda de commencer à se préparer ; inutile d'arriver en retard au dîner.

Honte ? songea Sara. Jamais de la vie ! Que disait sa grand-mère, déjà ? La honte, c'est chacun pour soi. Inutile d'en avoir pour les autres.

Agacée, Sara monta l'escalier et entra dans la salle de bains, où elle jeta ses habits par terre et prit une douche sans un regard par la fenêtre. Puis, entourée d'une serviette de bain, elle se prépara pour la soirée. Elle n'accorda pas de soin particulier à son maquillage ni à sa coiffure. Devant la penderie, elle hésita. Puis elle enfila un jean propre et un chemisier rouge.

Björn, vêtu d'un pantalon chic et d'une chemise blanche, laissa son regard glisser sur Sara et lui dit qu'elle était belle. Elle lui tourna le dos et alla chercher la composition florale qu'elle avait créée pour l'occasion. Au moment du départ, Michka leur lança un regard chargé de reproches dans l'entrebâillement de la porte.

Arrivés devant chez Lars et Agneta, ils gravirent les marches en silence. La porte s'ouvrit ; Lars les accueillit en tablier. Sous les rayures roses, il portait un costume. Il donna une accolade à Sara, prit les fleurs qu'elle lui tendait et les invita à se rendre à la cuisine, où le couvert était mis sur une nappe blanche.

Agneta sortit des assiettes du lave-vaisselle et les plaça, fumantes, sur la table. Elle leur souhaita la bienvenue sans faire la moindre allusion à la conversation de l'après-midi. Apparemment, elle n'avait pas l'intention de laisser ce détail gâcher l'ambiance.

Lars apporta quatre verres d'un cocktail délicieux sur un plateau. Lorsque Björn demanda gaiement ce que contenait la mixture, Sara regretta de ne pas avoir au moins échangé un sourire avec lui avant de venir. Il aurait mieux valu tourner cette histoire en dérision.

Björn avait raison. Le geste n'était pas nécessairement malveillant. Agneta, vêtue de gants de ménage, fit un compliment à Sara sur son chemisier et sortit d'autres verres du lave-vaisselle. Lars et Sara discutaient des pierres dans leurs terrains respectifs, lorsque

Agneta demanda à Lars de servir l'entrée. Bientôt, ils furent attablés devant des verres de vin et des mets savamment disposés dans de grandes assiettes.

À la lueur de bougies perchées sur de hauts chandeliers, Agneta portait une jolie robe et des paillettes scintillaient aux coins de ses yeux. Sara rompit un court silence.

– Quel vin exquis !

– On s'est dit qu'il conviendrait au dîner de ce soir.

Lars avait l'air heureux. Agneta goûta l'entrée, dubitative. Sara lui demanda si elle était difficile à réaliser.

– Ça ? Non, rien de très sophistiqué.

– Tu aimes cuisiner ?

– De temps en temps. De toute façon, Lars ne voit pas la différence entre une saucisse-purée et quelque chose de plus gastronomique. Il avale n'importe quoi et trouve toujours ça bon.

– C'est la vérité, je trouve ça bon. Toujours.

Lars regarda sa femme d'un air désemparé.

– On ne peut pas dire que tu aies le palais très sensible, ce qui est plutôt bizarre, étant donné tes origines. Tu as toujours été entouré de gens qui faisaient des saucisses, des confits, des sirops, des pâtisseries… Tu devrais apprécier la qualité des produits de base.

Agneta se tourna vers Björn et lui expliqua que Lars venait d'une famille de paysans. Des gens attachés à la nature qui chérissaient le fruit de la terre, et puis un papa jardinier avec ça. Il cultivait ses pommes de terre et chouchoutait chaque fraise comme si elle avait un cœur et une âme.

– Moi aussi, j'ai des gourmets dans la famille, rétorqua Sara. Pourtant, à la maison, c'est Björn qui est le plus calé en cuisine.

Le commentaire, un peu mordant, lui était sorti de la bouche avant qu'elle n'ait pu s'en empêcher. Lars lui jeta un regard plein de gratitude ; Sara lui posa des questions sur son enfance. Il avait passé beaucoup de temps à l'étable quand il était petit. Il aimait y côtoyer chevaux, vaches, moutons et cochons. Il allait de bête en bête, portait des agneaux noirs ou blancs dans ses bras et avait une peur bleue de la grosse truie. Mais l'animal qui l'impressionnait le plus était le chat de l'écurie, qui paraissait diriger tout ce beau monde en grand patron.

Avec des gestes fermes et précis, Agneta débarrassa les assiettes. Björn tenta de l'aider mais elle le renvoya aimablement à sa place. Lorsqu'elle ouvrit le four, un fumet délicieux se répandit dans la pièce. Agneta dressa leurs assiettes. Malgré ses protestations, Björn se mit à côté d'elle et passa les assiettes aux convives. Lars regardait Sara.

– Toi aussi, tu as des paysans dans ta famille ?

– Oui, si on remonte suffisamment loin. J'aime la terre, alors j'ai bien dû hériter quelque chose d'eux. Moi aussi, j'ai passé du temps dans une étable. Les meilleurs amis de mes parents avaient des bêtes. Quand on est petit, les animaux, c'est formidable.

Elle reprit son souffle, se demandant si elle allait pouvoir embrayer sur les chats sans gâcher la soirée. Mais avant qu'elle ne reprenne la parole, Agneta et Björn avaient posé toutes les assiettes sur la table : poisson, pois mangetout et quelques cuillerées de sauce, le tout joliment réparti.

Quand on la complimenta encore sur sa cuisine, Agneta fit la moue. Lars préférerait sans doute un bon gros steak, mais pour elle, il n'y avait rien de meilleur que les trésors du milieu aquatique. Elle demanda à Lars d'aller chercher encore du vin à la cave. Björn porta un toast. Agneta se tourna vers Sara : que pensaient-ils de la vie à la campagne, en fin de compte ?

– On se disait justement qu'en général, les enfants trouvent formidable la vie à la ferme. Et les chats d'écurie.

– Les chats d'écurie ? Il ne vous a pas raconté l'histoire de Tusse ? Celui qu'on a attaché au filin du drapeau et hissé au mât ?

– Hissé au mât ? Non, il ne me l'a pas racontée.

Björn leva les yeux de son assiette, l'air amusé. Lars réapparut avec une nouvelle bouteille de vin. Sara hésitait. Fallait-il demander à Agneta de raconter l'histoire ou changer de sujet ? Le terrain lui semblait miné. Mais Agneta n'eut pas besoin d'encouragements pour se lancer.

Près de chez Lars, vivaient deux fermiers qui se disputaient avec plus d'aigreur que jamais les Jan Ersa et Per Persa, les personnages du célèbre poème de Gustaf Fröding. Ils se chamaillaient au sujet des limites de leurs terrains respectifs, d'arbres coupés, de routes mal placées, de vols de machines... Bref, pour tout et n'importe quoi. Et puis au sujet du chat. Tusse.

L'un des fermiers avait un chat qu'il aimait par-dessus tout. Ce chat, qui portait le doux nom de Tusse, avait fait du terrain voisin son cabinet privé. Quand on le lui reprocha, le maître se défendit en levant les bras au ciel. Pouvait-on prouver que c'était son chat et pas un autre qui avait dévasté le bout de jardin ? Les environs ne regorgeaient-ils pas de chats qui passaient leur temps à errer un peu partout ?

– Ça a fait des vagues, le ton est monté et, finale-ment, le fermier excédé par le chat s'est mis sérieuse-ment en boule. Un matin, alors que Tusse passait par là sans se douter de rien, il s'est jeté sur lui, l'a attaché au filin du drapeau et hissé au mât. Tusse est resté suspendu en miaulant sans que personne ne l'entende. Après un jour et une nuit, son maître s'est mis à arpenter les environs en l'appelant. Puis, il a levé les yeux au ciel. Le chat se balançait en haut du mât.

Agneta éclata de rire et Björn l'imita. Lars fit un sourire prudent. Quand on avait le temps et l'énergie de se chamailler, on trouvait toujours des sujets de discorde, dit-il. En raclant soigneusement les derniers restes de nourriture collés à son assiette et en portant la fourchette à sa bouche, Agneta souriait encore. Sara eut soudain la sensation d'avoir une arête coincée en travers de la gorge. Elle prit un morceau de pain. Lars quitta la table et lorsqu'il revint, un moment plus tard, Alexander trottinait dans son sillage. Le félin se dirigea nonchalamment vers ses bols.

Agneta le suivit tendrement du regard. Dans son visage, la gaieté avait fait place à la douceur.

– Très élégant, ce chat. À propos... tenta Björn, qui, sous la pression d'Agneta, s'était laissé resservir.

– C'est vrai. Si quelqu'un s'avisait de lui faire du mal, je ne répondrais pas des conséquences. Votre chat aussi est un beau spécimen.

– Oui.

– Alexander est un formidable chasseur. Et le vôtre ?

– Michka chassait beaucoup. Avant.

Sara se sentait perdre patience. Björn lui lança un regard d'avertissement.

– Qu'est-ce que tu veux dire ?

Sara dévisageait Agneta.

– Elle n'ose plus sortir.

– Ah bon ? Ça viendra, ne t'en fais pas. Les chats sont ainsi faits. On ne peut les obliger à rien. Lars, tu me donnes un coup de main pour débarrasser ?

Si Agneta était au courant du problème, elle n'en laissait pas paraître le moindre signe. Elle n'avait même pas demandé pourquoi Michka ne sortait plus – soit parce qu'elle ne voulait pas le savoir, soit parce qu'elle le savait déjà. Que faire dans ces conditions ? On ne pouvait pas raisonnablement se plaindre des allées et venues d'un chat. En revanche, on pouvait le hisser en haut d'un mât – à condition d'en avoir un sur sa propriété. Quel dommage qu'ils n'en aient pas... songea Sara.

On pouvait aussi se permettre de donner son avis sur les rideaux de ses voisins – ou sur l'absence de rideaux.

Lars se rassit et, comme s'il lisait ses pensées, leva son verre dans sa direction.

– En tout cas, nous sommes ravis que ce soit vous qui ayez emménagé en face. On ne choisit pas ses voisins, mais de toute façon, c'est idiot de se fâcher pour des vétilles. Entre adultes, on devrait pouvoir résoudre la plupart des conflits en discutant. Enfin, je trouve.

Agneta leva son verre mais ne but pas. Elle fit tournoyer son vin, les yeux rivés sur le liquide en rotation.

– Des vétilles ? Oui, des vétilles, c'est tolérable. Mais quand la femme du voisin tisse une toile où elle prend votre père au piège, et finit par tellement l'obséder qu'il en quitte femme et enfant, ça dépasse un peu les bornes. Une discussion ne résout pas ce genre de chose, aussi adulte qu'on soit. Et c'est encore plus difficile à vivre quand on est enfant.

– Ça t'est arrivé ?

La question de Björn fusa, sans la moindre hésitation. Agneta, qui faisait toujours tournoyer son vin dans son verre, acquiesça.

Oui, ses parents s'étaient réjouis de leurs nouveaux voisins, formidablement aimables. Agneta, pour sa part, adorait leur chat, un chat siamois qui déambulait comme une demoiselle de l'aristocratie. La voisine avait quelque chose d'élégant, elle aussi. Quand, assise dans son transatlantique, la peau dorée, ses bracelets en or tintant à ses bras, elle caressait son chat d'un geste langoureux, on aurait dit un tableau. Les couples s'étaient fréquentés assidûment, au-delà des limites de leurs jardins respectifs, jusqu'au jour où on avait découvert le pot aux roses : certains s'étaient fréquentés plus assidûment que d'autres. Agneta et sa mère avaient dû déménager. Plus tard, cette dernière en était morte.

– Elle a attrapé une maladie infectieuse bizarre. Malgré mon jeune âge, je savais ce qui l'avait tuée. Elle a eu le cœur brisé, voilà.

Agneta vida le contenu de son verre d'une traite.

– Et ton père, qu'est-ce qu'il est devenu ?

Encore Björn. Sara lui était reconnaissante pour sa franchise, qui rompait un peu la tension autour de la table.

– Son aventure avec la voisine s'est vite terminée. Je ne l'ai pas regretté, pour être honnête. Les moulins du bon Dieu tournent lentement, dit-on, mais pas dans ce cas. Je ne suis pas particulièrement croyante, mais je trouve assez juste le commandement selon lequel on ne doit pas convoiter la femme de son voisin… Ou ses possessions ou je ne sais quoi. Enfin, changeons de sujet. En quoi consiste ton travail ? Raconte.

Björn déclara qu'il était lui aussi enfant de divorcés mais que dans son cas, ça s'était bien passé, puis il parla de ses recherches. Sara s'excusa, elle devait aller aux toilettes. Lars l'encouragea à utiliser les toilettes de l'étage, plus grandes et plus belles. Il la suivit dans l'escalier. Arrivé en haut, il posa la main sur son bras.

– Agneta se réjouissait de cette soirée et elle est très heureuse que ce soit vous qui ayez emménagé en face. Hier encore, elle me le disait. Mais elle est maniaque. Tout doit être parfait. Tu as bien vu la table… Elle met toujours le lave-vaisselle en route avant que les invités arrivent, même si tout est déjà propre. Parfois, les gens la trouvent en peu tendue. À l'idée que vous ne vous sentiez pas suffisamment bien accueillis…

– Lars !

La voix stridente d'Agneta fendit l'air. Lars s'éclipsa promptement. Sara entra dans la salle de bains et jeta un coup d'œil par la fenêtre. Leur salle de bains, en face, formait un carreau noir. C'était donc ici que

Lars était censé l'épier pendant qu'elle prenait sa douche – Lars aux lunettes démodées et aux manières hésitantes... Lars dont le principal désir était manifestement de ne pas déplaire à sa femme.

Des voisins et des chats. Des chats et des voisins.

Sara regarda les rideaux : en voilage de dentelle. Identiques à ceux que lui avait donnés Agneta. Elle les toucha, ils étaient légèrement humides. Sans doute récemment lavés. Elle quitta vivement la pièce.

Dans la cuisine, le dessert était servi. S'excusant sans raison, Sara se hâta de reprendre sa place et faillit trébucher sur Alexander.

Plus tard, au lit, Björn exprima son contentement. La soirée avait été sympathique. Ne trouvait-elle pas ? L'ambiance avait été assez détendue, la plupart du temps. Il n'y avait pas à s'inquiéter – c'était bien ce qu'il lui avait dit, d'ailleurs.

– Ils ont une belle maison. Pas notre genre. Mais les pièces sont bien disposées.

– Tout à fait.

– Agneta m'a raconté qu'ils ont mis pas mal d'argent dans la restauration. Ils ont acheté la maison pour une bouchée de pain.

– Quand est-ce qu'elle t'a dit ça ?

– Quand tu étais aux toilettes.

Björn fixait le plafond. Sara posa la tête sur son torse. D'un geste absent, il joua avec ses cheveux.

– Pourquoi elle était si bon marché ?

– Parce qu'il s'y est passé des choses assez horribles. Les gens sont plus superstitieux qu'on ne croit.

– Quoi ?

Björn avait toujours le regard rivé au plafond.

– Allez... Raconte !

– C'est incroyable, l'énergie que tu as, tout à coup ! Eh bien, il y a eu une noyade ici, il y a vingt, vingt-cinq ans. Après une fête qui s'est terminée tard, une femme a disparu. Les gens l'ont cherchée, en vain. Quelques jours plus tard, on l'a retrouvée noyée. Elle ne portait que ses sous-vêtements, alors on a supposé qu'elle avait voulu prendre un bain de minuit. Et qu'elle avait commis l'erreur habituelle de nager tout droit vers le large au lieu de rester près de la rive. En plus, elle avait sûrement bu.

– Ici... Où ça, ici ?

– Elle vivait dans la maison de Lars et Agneta.

– C'est horrible ! Et après, qu'est-ce qui s'est passé ?

– La maison a été vendue plusieurs fois. Jusqu'à Lars et Agneta, personne n'y est resté très longtemps. Ils m'ont dit qu'ils n'avaient pas peur des fantômes. En plus, l'accident a eu lieu à l'extérieur, pas dans la maison.

– Alors quelqu'un s'est noyé juste à côté de chez nous !

– Il y a longtemps, oui. Cela dit, trouve-moi une étendue d'eau où personne ne s'est jamais noyé.

– Pourquoi on ne nous a rien dit ?

– C'est de l'histoire ancienne. Et puis on ne s'est pas renseigné sur tous les propriétaires précédents. D'ailleurs, pourquoi on aurait fait des recherches sur la maison des voisins ?

Björn éteignit la lampe. Puis il éclata de rire.

– Pourquoi tu ris ?

– Excuse-moi si je manque de tact mais… Tout à coup, j'ai revu le tableau : le chat suspendu au mât et le bonhomme qui sort en appelant « Tusse… Tusse… », qui lève les yeux et qui a le choc de sa vie…

Il continuait à rire. Sara ne put s'empêcher de rire aussi.

– « Jan Ersa et Per Persa se cherchaient toujours des poux »…

Björn se tourna vers elle.

– Ce bon vieux Fröding… Il en savait long sur la nature humaine. C'est peut-être pour ça qu'il a fini alcoolique et à moitié fou.

– « Ils plaidaient et chicanaient. Le pasteur prêchait la paix – mais autant parler aux poules. Dès qu'Ersa sortait vainqueur, Persa faisait un procès. »

– Tu en sais, des choses, dit Björn, admiratif.

– J'avais un prof de suédois convaincu que c'était bon pour les élèves d'apprendre des poèmes par cœur. Je le connais en entier. Je te le récite ?

– Pas maintenant. Demain, peut-être.

Elle sentait la chaleur de Björn tout près d'elle. Respirant son odeur qui lui rappelait le sel et le sable, elle laissa glisser sa main le long de son dos, s'arrêta aux reins et serra son corps contre le sien. Les mains de Björn fouillaient sous sa chemise de nuit. Elle leva les bras pour l'aider à l'ôter.

Chapitre cinq

– Donne-moi un conseil.

– Tu n'es pas quelqu'un de peureux, Sara. Arrête de te conduire comme si tu l'étais.

L'odeur de café en grains fraîchement moulu emplissait la chambre d'hôpital de Lea. Souffrant de maladies infectieuses à répétition, elle détestait son repos forcé. D'ailleurs, elle avait encore la force de tout envoyer valser.

Sa robe rouge lui donnait des couleurs aux joues et elle ne paraissait pas particulièrement souffreteuse. Elle scruta sa petite fille d'un regard plein d'espièglerie et de tendresse. Sur une chaise près de la fenêtre, Scat somnolait – enfin, Abraham, comme il s'appelait réellement. Lea avait adopté le surnom que lui donnait Sara – on ne pouvait pas résister à un chat jazzy ne vivant que pour la musique.

– Jolie, comme d'habitude, mais lessivée. Tu dois creuser la terre et d'autres choses aussi, si j'ai bien compris. Enfin, je suis mal placée pour prêcher la paix et la sérénité.

– J'y croyais. À la sérénité. La maison est achetée, rénovée et, pour le moment, Björn et moi, nous sommes heureux.

– Et tout à coup, un serpent apparaît au paradis.

Sara posa sa tasse sur une soucoupe.

– Un serpent ? Je ne sais pas…

Sa grand-mère avait éclaté de rire quand elle lui avait raconté l'histoire des rideaux. Cela lui rappelait une histoire de femme de chambre à Göteborg pendant la guerre : un maître qui épiait ses jeunes employées et sa femme qui leur empoisonnait la vie.

Sara lui avait parlé de ses inquiétudes pour Michka, son chat d'intérieur frustré. Et, dans la foulée, de fermiers, de noyades et de mâts.

– Après le dîner chez eux, je pensais que ça allait se calmer. Je n'ai pas accroché les rideaux, mais on a mis un tableau devant la fenêtre. Et puis, un matin, je suis allée faire mon jogging. Lars est sorti en même temps et on a couru ensemble. À la fin du parcours, il m'a proposé qu'on se retrouve à la même heure le lendemain. « Autant profiter de notre bonne humeur matinale ensemble ! » C'est ce qu'il a dit.

« Juste à ce moment-là, Agneta passait. Quand elle nous a vus, son regard est devenu noir. Elle a vociféré quelque chose à Lars et ne m'a même pas dit bonjour. Plus tard, l'après-midi, en rentrant des courses, j'ai trouvé des détritus dans le jardin. On est en train de construire une clôture, avec leur accord. On avait laissé de vieilles planches sur la route et je les ai retrouvées chez nous.

« C'est elle, je le sais. Pourtant, quand je l'ai croisée

le lendemain, elle s'est montrée très aimable. Pas un mot sur les planches.

– Et toi non plus, tu n'as rien dit, bien sûr.

– Non. Je ne voulais pas envenimer la situation. En plus, je n'ai aucune preuve.

– C'est compliqué, les histoires de voisinage. Ma mère récitait une comptine qui résume bien le problème : « Mes enfants sont beaux et gras, les yeux ronds comme ceux d'un chat. Les voisins sont maigres et laids, les yeux fins comme ceux d'un chien. » D'après ce que j'entends, les choses n'ont pas beaucoup évolué depuis. Hmmm...

Les « hmmm » de Lea pouvaient avoir de multiples significations. Elle remplit leurs tasses en silence. Scat s'étira et bondit sur le rebord de la fenêtre. L'horloge sonna quelques coups frêles. Dans le couloir, on entendait des pas pressés.

– Elle croit que son homme te convoite ?

– Ça m'a effleurée. Mais il n'y a rien entre nous, à part le jardinage et le fait que nous soyons matinaux. Lars n'a vraiment rien d'un Casanova. Elle, par contre, elle est mignonne et sait se montrer pleine de charme. Björn le pense aussi. Si quelqu'un devait être jaloux, ce serait plutôt moi. Ou Lars.

– Tu es trop intelligente pour ça. La jalousie, c'est malsain et déraisonnable. C'est de la peur, au fond. Et une femme peureuse est une femme perdue.

– Dis-le à Michka. Enfin, je comprends qu'elle n'ait pas envie d'affronter ce gros matou colérique.

Lea se pencha en arrière, pensive.

– Certaines choses ne changent jamais, on dirait. Tu sais, j'ai fait récemment la connaissance d'une petite fille qui rend visite à un membre de sa famille, ici. Un jour, elle est passée devant ma porte et a vu Scat, qui lui a tout de suite plu. Je l'ai invitée à entrer. Tout à coup, Scat s'est comporté comme s'il avait retrouvé sa jeunesse, il était tout émoustillé. Il a bondi sur ses genoux et s'est laissé caresser sans hésiter. C'était bizarre, d'autant plus qu'elle avait elle-même un chat. Ses habits auraient dû être imprégnés de son odeur. Mais ça n'avait pas l'air de gêner Scat le moins du monde.

Lea jeta un coup d'œil à son chat, si immobile qu'on eût pu le prendre pour un gentil bibelot.

– Bref, elle m'a raconté une histoire très drôle sur son chat. Selma, c'est son nom, a toujours été assez caractérielle – quel chat ne l'est pas ? Quoi qu'il en soit, tout allait pour le mieux jusqu'au jour où la famille s'est procuré un chien. Un dénommé Leo, sans maître, dont il fallait soudain s'occuper. Ils pensaient tous que les deux animaux s'habitueraient l'un à l'autre. C'est d'ailleurs ce qu'ils ont fait, d'une certaine manière, mais pas comme on aurait pu s'y attendre. Il faut dire que Leo a des ancêtres bergers. Son instinct lui dicte donc de rassembler et de garder. Et qu'y avait-il à rassembler et à garder dans cette maison ? Eh bien, Selma. Depuis qu'il est arrivé chez eux, il ne la lâche pas d'une semelle. Quand elle s'assoit, il s'assoit à côté d'elle. Il peut passer plusieurs heures immobile à la regarder, sans interruption, ni pour manger ni pour boire.

Sara ne put s'empêcher de sourire.

– Et la pauvre Selma, qu'est-ce qu'elle fait ?

Sa grand-mère s'esclaffa.

– D'abord, ça l'a mise hors d'elle. Elle a craché, sifflé, feulé. Ensuite, elle a essayé de le fuir. Elle a trouvé un recoin dans la cuisine où il ne peut pas l'approcher de trop près. On lui a mis un panier à cet endroit, elle peut y observer son harceleur avec dédain, alors qu'il essaie désespérément de l'atteindre. Quand elle a faim, elle sort par la fenêtre, d'un bond. Leo se précipite pour la suivre, mais elle s'enfuit par-derrière, mange et se jette à nouveau dans son panier, avant qu'il n'ait eu le temps de réagir. L'été, elle passe ses journées à courir la campagne, loin de toute surveillance. Pendant ce temps, Leo trouve un peu de repos dans son cœur de chien éconduit.

Surveillance. C'était le mot. Voilà ce qu'elle ressentait. Comme si on l'épiait. Chez elle. Dans son jardin. Dans sa salle de bains. Dans son lit, pendant son sommeil.

– Il y a encore quelque chose, je le vois bien.

– C'est tellement fou que je ne sais pas comment te l'expliquer. Et ce n'est pas spécialement flatteur.

– La folie, c'est plutôt rafraîchissant. Quant aux flatteries, toi et moi, on est au-delà de ça.

Sara tripota la nappe. Puis, un gâteau à la main, elle se lança.

– C'était hier. Michka était déchaînée. Elle avait encore fait ses besoins par terre. Pendant que je ramassais, elle s'est approchée. Je l'ai caressée et elle m'a mordue jusqu'au sang.

« Ça m'a rendue très triste et Björn l'a remarqué. Il n'a rien dit, il est juste sorti. J'ai entendu la voiture démarrer. J'ai pensé qu'il était parti au bureau et qu'il n'avait pas voulu me déranger, alors j'ai décidé de me ressaisir. Je me suis mise au travail. J'ai essayé de rassembler ce foutu tas de planches. Heureusement, je n'ai pas croisé les voisins. Björn est rentré tôt, juste après le déjeuner, et m'a annoncé qu'il avait quelque chose à m'avouer.

– C'était quoi ?

– Alexander, le chat des voisins, passait par là juste au moment où il ouvrait le coffre pour y poser son sac de sport. Dans un moment de folie, Björn l'a attrapé et enfoncé dans le sac. Il a tiré la fermeture éclair et claqué le coffre. Ensuite, il a contourné la ville et poursuivi son chemin jusqu'à un bois éloigné.

« Quand il l'a relâché, le chat n'a paru ni apeuré ni furieux. Björn en a eu froid dans le dos. Il est remonté très vite en voiture et reparti en trombe. Il transpirait. Il ne comprenait pas ce qui lui avait pris. Il croit que c'est peut-être cette histoire de mât qui l'a travaillé inconsciemment.

– Probablement. En tout cas, c'était bien joué.

Des tressaillements parcouraient le visage de Lea. Elle avait sans doute du mal à se retenir de rire.

– D'abord, ça m'a mise dans tous mes états. Malgré tout ce que nous traversons, on ne peut pas reprocher la tournure des événements à un pauvre chat. D'ailleurs, on ne peut pas exiger d'un animal qu'il agisse avec droiture morale. Et imagine si quelqu'un avait vu Björn… Mais il m'a rassurée, il était seul sur la route et la voiture de Lars et Agneta n'était pas garée devant chez eux.

« Tout à coup, en dépit du sentiment de culpabilité, j'ai éprouvé un incroyable soulagement. Michka allait redevenir un chat d'extérieur. Tout allait s'arranger. Alexander allait sûrement être recueilli et trouver un nouveau foyer. J'ai honte de le dire, mais sur le moment, je ne me suis absolument pas souciée de ce qu'éprouveraient Lars et Agneta.

« Björn et moi, on a pris un verre de vin. On était à la fois gais et horrifiés. Cette nuit-là, je n'ai pas bien dormi. Je me suis réveillée et je suis allée à la cuisine me préparer un thé. Et là, j'ai eu l'impression de le voir. Alexander, le chat. Et d'entendre un miaulement plaintif.

« Je me suis dépêchée de sortir dans le jardin, mais je n'ai rien vu. Ma mauvaise conscience me jouait sans doute des tours. Quoi qu'il en soit, je me sentais très mal. On obtient un prêt, on déménage, on rénove une maison et voilà où ça vous mène. Tout ça à cause d'une paire de chats. Ça manque un peu de maturité, non ?

« Je connais quelqu'un qui est tombé amoureux d'une Chinoise, mais là-bas, en Chine, les parents de la jeune fille n'appréciaient pas du tout qu'elle se marie avec un Suédois. Ils le rejetaient, lui et tout ce qu'il représentait. Quand la belle-mère est venue en Suède pour la première fois, à son arrivée chez sa fille, un chat de gouttière était assis à l'entrée de la maison, par hasard. Elle a jeté un regard méprisant sur le chat, puis sur son gendre, et a déclaré : « En Chine, les chats sont plus gros. » Des guerres peuvent éclater pour les raisons les plus triviales.

Une infirmière frappa : c'était l'heure des examens. Lea faillit protester, mais Sara se leva et alla gratter Scat sous le menton. Elle avait trop parlé. Sa grand-mère avait d'autres soucis que ses histoires de voisinage.

Lea sembla deviner ses pensées. Elle la serra dans ses bras et lui dit qu'elle serait toujours là pour elle. Tant qu'elle pouvait l'écouter, cela prouvait qu'elle servait encore à quelque chose.

Elle exhorta Sara à ne se laisser tourmenter par personne. D'ailleurs, si le diable lui-même s'y essayait, elle n'avait qu'à l'envoyer à l'hôpital. Ils étaient capables d'y achever n'importe qui.

Il était tard lorsque Sara se gara devant chez elle. Björn était probablement couché. Il devait se lever tôt le lendemain pour se rendre à un congrès sur les mathématiques à Londres. Sara n'aurait pas cru que le voyage du retour serait aussi long, les pluies de printemps avaient rendu la route glissante.

Dans le jardin, des outils étaient soigneusement alignés contre le mur de la maison. La terre nue attendait d'être domptée, puis semée. Sara s'avança vers les rhododendrons qu'on avait laissé pousser à leur guise, sans les tailler. Bientôt, leurs fleurs écloraient, rose vif.

Sur le ponton, elle resserra son manteau et trempa la main dans l'eau. Toujours glaciale. Soudain, elle sursauta. Elle venait de ressentir comme un coup dans le dos. Un instant, elle crut même tomber à l'eau.

– Lars ! Tu m'as fait peur !

– Excuse-moi, ce n'était pas mon intention. Je me promenais et je t'ai vue.

Il paraissait tendu. Dans la pénombre, il avait le teint grisâtre et les joues noircies par une barbe naissante.

Sara prit conscience de sa stature.

– Encore debout à cette heure-ci ? Je te croyais matinal.

– Je te croyais matinale aussi.

– Je suis allée rendre visite à ma grand-mère.

– Je ne pouvais pas dormir.

Si le bord du ponton n'avait pas été aussi proche, elle aurait reculé d'un pas. Esquivant le regard de Lars, elle parvint à se tourner vers l'eau. Il en fit autant. D'une voix triste, il constata que c'était beau et souhaita que ça le reste. Quel dommage que tout soit détruit...

– Détruit ?

Lars soupira.

– C'est dommage, ce qui se passe. Entre vous et nous.

– Je ne crois pas que ce soit nous qui...

– J'en suis conscient, Sara.

Lars lui prit doucement le bras.

– Agneta a beaucoup de qualités. Elle est serviable et généreuse. Mais elle est jalouse et veut toujours tout contrôler.

– Je ne crois pas lui avoir donné de raison d'être jalouse.

– Non, et elle le sait. Elle sait qu'il n'y a rien entre nous et, pour être honnête, elle ne se soucie pas assez de moi pour s'en inquiéter. Mais elle est très sensible au comportement des autres. À leur manière d'être aimable en surface et d'essayer de monter les gens les uns contre les autres dans son dos. Agneta a vécu des choses difficiles, ça l'a rendue soupçonneuse.

– Je peux le comprendre. Mais dans ce cas, il vaudrait mieux qu'elle m'en parle directement pour qu'on puisse régler le problème.

– Elle a sa fierté, comme tout le monde. Et elle adore son chat.

Sous la surface de l'eau, Sara aperçut une vieille barre de fer couverte d'algues et de coquillages.

– En général, on se tient à l'écart. Mais avec vous, c'était différent. Alors j'espère que tu excuseras Agneta si elle te paraît un peu sèche de temps en temps.

– Oui. Peut-être.

Mal à l'aise, Sara se dirigea vers la maison. Lars la suivit. Elle lui souhaita bonne nuit. Brusquement, il se pencha vers elle et lui fit un baiser sur la joue, puis il s'éloigna.

Portant la trace du baiser inopportun sur son visage, Sara entra. Tout était encore si neuf… Ça sentait la peinture et le bois poncé. Elle se changea rapidement et se mit au lit. L'air de la nuit entrait par petits filets à travers la fenêtre. Elle se blottit contre le dos de Björn et l'entoura de ses bras. Dans son sommeil, il lui prit la main. Elle était sur le point de sombrer lorsqu'elle fut frappée par une pensée rebutante : Lars n'avait pas dit un mot sur la disparition d'Alexander.

Chapitre six

Björn mit de la musique et Sara s'enfonça dans le siège du passager. Dehors, les arbres accueillaient la lumière toutes branches déployées. Aux abords de Malmö, le bâti devenait progressivement plus dense. Cela sentait la civilisation, son pouls, sa précipitation matinale caractéristique – à des centaines de kilomètres de la tranquillité campagnarde dans laquelle ils avaient élu domicile.

La ville : son offre culturelle, ses cafés, ses gaz d'échappement, son pouls trépidant. La ville allait bientôt l'entourer de ses bras anonymes. Elle y serait une inconnue parmi tant d'autres, se déplaçant en toute liberté, sans que personne ne la suive du regard. Björn se gara devant la bibliothèque et ils attendirent l'arrivée de son taxi pour l'aéroport. Avant de partir, il la serra contre lui. Elle lui souhaita bon voyage.

Dans la bibliothèque, quelques âmes solitaires lisaient le journal. Un homme faisait des photocopies. Une bibliothécaire feuilletait des archives, cliquait sur son clavier, sortait des classeurs. Sara s'adressa à elle d'une voix feutrée. La femme continua ses multiples activités tout en lui répondant avec pertinence.

Bientôt, Sara était assise devant une pile de livres et de documents sur l'histoire du coin retiré qui était désormais le sien. L'essor et le déclin des usines. L'exode vers la ville. Les maisons devenues des habitations secondaires. Les mystifications locales, les gens du pays, ambitieux menuisiers ou grands fermiers, qui avaient fait jaser. Les candidats à l'émigration aux États-Unis, disparus, puis, pour certains, réapparus comme par miracle.

Les photos des environs lui donnèrent peu d'indices. Des prés sauvages côtoyaient des champs proprets. Ici et là, un bateau entouré de végétation primaire.

Un ouvrage dressait un inventaire des événements qui avaient marqué la localité. Une visite royale. Un glissement de terrain ayant détruit plusieurs habitations. Dans un chapitre sur les décès inexpliqués et autres énigmes, elle trouva enfin ce qu'elle cherchait. De funestes coupures de journaux aux titres noirs et menaçants. Noyade mystérieuse. Une fête à l'issue fatale.

À peu de chose près, le récit de Björn correspondait aux faits. Une femme s'était noyée après une fête. Disparue au petit matin, son corps avait été découvert par des plongeurs environ vingt-quatre heures plus tard, assez loin de la rive. On n'avait jamais retrouvé la robe ni les chaussures qu'elle portait le soir de sa disparition.

Dans un entrefilet quelques jours plus tard, on précisait que l'animal de compagnie de la victime, un chat siamois primé, avait lui aussi disparu. Il demeurait introuvable. On avait publié une photo de la noyée tenant son chat dans ses bras. La manière dont elle posait ne laissait aucun doute : c'était une habituée des fêtes mondaines. Le chat regardait droit dans l'objectif, avec la même condescendance que sa maîtresse.

La femme respirait l'élégance, tout comme son chat. Agneta avait dit vrai. Mais ce qu'elle avait omis de préciser, c'était le lien entre la tragédie et la maîtresse de son père – étrange. Elle n'avait mentionné la noyade qu'à demi-mot, comme étant arrivée à « une femme » ayant vécu dans leur maison.

Ce qui, en toute logique, signifiait qu'Agneta et sa famille avaient vécu dans la maison de Sara et Björn, puisqu'ils étaient les voisins de la victime.

Sara avait beau chercher, elle ne voyait pas d'autre explication.

Selon les termes employés par Agneta, l'aventure de son père avec la voisine s'était vite terminée. Les moulins de Dieu, dans ce cas, avaient tourné plus vite que d'habitude… Quel âge pouvait-elle bien avoir au moment du drame ? Quinze ans ? Seize, dix-sept ?

Sara retourna consulter la bibliothécaire.

– Où est-ce que je pourrais trouver de vieux articles de presse ?

– De quelle époque ?

Sara lui indiqua la date précise, vingt-trois ans auparavant. Quelle chance ! s'exclama la bibliothécaire. Ils étaient un des rares établissements à conserver la presse ancienne sur microfilms, grâce à l'engagement sans faille d'élus locaux férus d'histoire. Elle conduisit Sara dans une autre pièce, sortit les documents et lui expliqua comment utiliser l'appareil.

De vieilles pages de journaux apparurent à l'écran. Sara trouva rapidement l'article dont elle avait vu le fac-similé dans un livre. Elle avança jour par jour, lisant les entrefilets, ne sachant pas bien où elle allait.

Dans une gazette de la commune voisine, deux semaines après le décès, elle trouva enfin une nouvelle référence aux événements. Il s'agissait d'un entretien avec un pêcheur qui vivait à proximité du lieu de la noyade. La nuit en question, il s'occupait de ses filets, lorsqu'il avait aperçu un bateau à moteur qui, assez loin au large, tournait en rond. D'abord, il n'y avait pas prêté attention, mais quand il avait entendu parler du drame, il s'était mis à gamberger. Cela dit, c'était un soir du mois d'août. Qui sait s'il y avait un quelconque rapport ? Bref, il ne pouvait jurer de rien.

Sara leva les yeux. La bibliothécaire lisait par-dessus son épaule.

– Intéressant, n'est-ce pas ? dit cette dernière.

– Oui, très, répondit Sara.

La bibliothécaire avait entendu parler de la tragédie quand elle était petite, en visite chez des membres de sa famille qui habitaient à proximité du lieu de la noyade. À l'époque, l'accident avait marqué les esprits mais, désormais, plus personne ne s'en souvenait.

Sara se sentit obligée de dire quelque chose.

– Je viens d'emménager là-bas avec mon compagnon. Nos voisins nous ont raconté l'histoire.

La bibliothécaire sourit.

– Maintenant, je comprends pourquoi ça vous intéresse. Vous habitez là-bas… C'est très beau. Paisible. Et pas très loin de la ville. Mais ça n'a pas été toujours le calme plat, dans ce village. Ce n'est pas parce que les gens sont de la campagne qu'ils ne provoquent pas de drames. Mes parents me racontaient un tas d'histoires sur ce qui se passait derrière les murs de ces jolies petites maisons.

Elle baissa la voix et désigna un point sur l'écran.

– On n'a plus jamais entendu parler de ce bateau ni de son conducteur éventuel. Soit la police n'a pas pris le témoignage au sérieux, soit la piste n'a pas abouti. Ce qui est sûr, c'est que cette femme avait des aventures, mes parents me l'ont raconté. Elle avait un physique exotique. Elle était d'une beauté frappante. Finalement, le seul témoin de ce qui lui est arrivé, c'est le chat. Peut-être qu'on l'a jeté à l'eau avec elle. Ou alors, il est parti la sauver à la nage. Enfin, pures spéculations. Ils étaient inséparables, en tout cas. On dit qu'il hante les environs. Je veux dire le chat siamois. Vous n'avez jamais entendu des miaulements bizarres en pleine nuit ?

– Seulement ceux de mon propre chat.

– Ah ! Vous avez un chat ? Moi aussi. J'en ai même deux. Un jeune, et un vieux qui passe quasiment tout son temps à dormir devant la porte de la maison. On vient de faire castrer le jeune. Le lendemain, en faisant sa toilette, quand il a découvert que ce qu'il avait entre les pattes avait disparu, vous auriez dû voir sa tête ! Complètement déconfit ! C'était comique.

Un homme les interrompit pour demander où se trouvaient les ouvrages de Pär Lagerkvist, et la bibliothécaire s'éloigna. Sara reprit ses lectures, mais elle avait du mal à se concentrer. Était-ce une bonne idée de vouloir en apprendre plus sur la maison et ses environs ? Peut-être ferait-elle mieux de dénicher la fromagerie dont avait parlé Björn et d'y acheter quelque chose de bon. Il fallait penser à préparer sa soirée en solitaire à la maison.

Mais la perspective lui semblait soudain sinistre. Les renseignements qu'elle avait obtenus ne l'avaient pas rassurée. Bien au contraire.

Au volant de sa voiture, ses idées noires se dissipèrent peu à peu. Dans la grande ville proche de chez eux, on trouvait le genre de stimuli qui vous changeait du jardinage. Et juste en face, de l'autre côté du détroit, il y avait une capitale, Copenhague et, de là, on pouvait se rendre directement en Europe. Dans la faible odeur de fromage français qui envahissait l'habitacle, elle se sentit réconfortée. Finalement, ce n'était pas si affreux de rentrer chez elle, à la campagne.

Inutile de méditer plus longtemps sur ce qui était arrivé à Agneta. D'ailleurs, quel rapport entre cette histoire et elle ? Mieux valait tenir les voisins à distance un certain temps.

À distance ? Une femme dont Björn venait d'enlever le chat ? Une femme qui avait grandi dans leur propre maison sans leur en dire un traître mot ? Alors que la maîtresse de son père se noyait dans des circonstances mystérieuses... Peut-être avec son chat qui, disait-on, hantait les environs... Une femme qui se vantait de savoir manœuvrer toute sorte de bateaux ? Parce que sa mère adorée le lui avait appris... Sa mère adorée qui avait eu le cœur brisé... Et qui en était morte...

À distance ? Vaine pensée.

Le coffre de la voiture était chargé de sacs de terreau et d'arbustes. La pépinière où Sara avait fait ses courses proposait un bel assortiment et les employés lui avaient donné de précieux conseils. Dès le lendemain, elle ferait des plantations près du ponton. Des herbes aromatiques séparées par des pierres. Le travail lui donnerait du recul, elle en avait bien besoin.

Elle se força à chantonner avec la musique, baissa la vitre et respira l'air du printemps naissant. La situation n'était peut-être pas aussi tortueuse qu'il y paraissait. Son imagination lui jouait peut-être des tours. Björn ne reviendrait pas avant quelques jours. Elle n'avait qu'à inviter Agneta à prendre le thé. L'interroger sur son travail, sur les discussions dans sa clinique, sur les coupes budgétaires infligées au secteur de la santé. Agneta avait sans doute de bonnes raisons de ne pas leur avoir dit où elle avait grandi. Le sujet devait être trop sensible. Trop douloureux. Voir sa maison d'enfance rénovée de fond en comble…

Oui, une conversation se révélerait sûrement utile. Il fallait éviter de fréquenter Lars jusqu'à ce que les choses se calment. D'ailleurs, il n'était encore rien arrivé, elle n'avait qu'à faire marche arrière.

Sara descendit de voiture et déchargea ses achats en pensant à Björn, qui ne comprendrait jamais complètement sa passion pour le grand air, tout comme elle ne se plairait jamais dans des espaces confinés. Cependant, leurs problèmes de voisinage avaient démontré qu'ils partageaient les mêmes valeurs et qu'en situation de crise, il était là pour la soutenir. Cette certitude la réconfortait – malgré le drame que Björn avait potentiellement provoqué.

La maison et le jardin reposaient dans un paisible crépuscule. La façade luisait. Au fil des ans, ses planches deviendraient grises et patinées. L'idée lui plut, elle se sentit chez elle.

Elle traîna les sacs de terreau jusqu'au bord de l'eau, l'un après l'autre. Les feuilles des arbustes lui griffaient le visage lorsqu'elle les soulevait. Elle entendit au loin le bourdonnement d'un bateau à moteur qui s'approchait. Chez Lars et Agneta, toutes les lumières étaient éteintes.

Elle contempla un instant la plage et le bateau au loin. Soudain, elle tressaillit. Quelque chose avait frôlé sa jambe. Elle baissa les yeux : le chat la dévisageait, prêt à bondir. Puis, de but en blanc, il s'allongea langoureusement à ses pieds.

Alexander était de retour.

Le cœur de Sara battait la chamade. Elle ressentait une furieuse envie de se précipiter sur lui et de le jeter à l'eau, et cette impulsion l'effrayait au moins autant que la présence inopinée du chat.

Elle se dirigea vers la porte d'entrée. Sur le point d'ouvrir, elle entendit quelqu'un appeler son nom. Agneta, vêtue d'un imperméable sombre, avançait à grands pas vers elle. Sara l'attendit à contrecœur, sentant son regard hostile rivé sur elle. Arrivée en bas des marches, Agneta s'arrêta, les bras croisés. Elles restèrent debout face à face.

– Bonjour, Agneta. Quelle belle soirée... J'ai fait quelques commissions en ville. C'est toujours un plaisir de revenir ici. L'air est si bon...

Le visage d'Agneta ressemblait à un masque de plâtre. Sara continuait à débiter des inanités.

– Björn est parti pour la nuit. J'étais sur le point de me servir un morceau de fromage. Ça te dirait d'entrer prendre une tasse de thé ou un verre de vin ? J'ai acheté du fromage dans une boutique que Björn a dénichée il y a un moment. Ils ont un choix formidable.

Sa voix s'éteignit. Les yeux furieux d'Agneta lançaient des éclairs. Brusquement, elle fit un pas en avant et attrapa Sara par le bras. Ses doigts s'enfoncèrent dans le tissu de sa veste.

– Sale pute. Tu t'immisces entre Lars et moi.

Les mots flottèrent un moment entre les deux femmes, roulèrent par terre, rampèrent à leurs pieds. Agneta dévisageait Sara avec une telle hargne que cette dernière arrivait à peine à soutenir son regard. Petit à petit, la prise d'Agneta se relâcha, puis elle disparut aussi vite qu'elle était apparue. Alexander fit le gros dos, cracha et se faufila après elle.

Quand Sara essaya de déverrouiller la porte, elle tremblait et le trousseau de clefs lui glissa des mains. Elle parvint finalement à ouvrir et s'appuya contre le mur du hall. Michka accourut avec un miaulement. Sara se baissa vers elle pour la caresser. La chatte se coucha sur dos, se laissa gratter et ronronna d'aise, soulagée de ne plus être seule.

Les membres raidis, Sara ôta maladroitement sa veste et ses chaussures, alluma des lampes un peu partout et arrangea les coussins sur le canapé. Elle rangea mécaniquement les courses dans le réfrigérateur et se prépara une assiette de fromage, de pain et de fruits. Elle alluma quelques bougies, s'installa dans le salon, son assiette sur les genoux, et se laissa hypnotiser par les flammes.

Comment était-ce possible ? Des animaux avaient

déjà retrouvé le chemin de leur niche, bravant la tempête, traversant des communes entières. Alexander était habitué à parcourir de grands espaces, il avait un flair excellent. Mais tout de même. À presque une heure de distance en voiture, c'est-à-dire environ soixante-dix kilomètres ? L'idée que Lars ou Agneta ait pu voir Björn enfouir leur chat dans un sac... Et que l'un d'eux ait pu le suivre...

Était-ce la raison de cette attaque haineuse ? Agneta l'avait-elle patiemment attendue derrière ses rideaux en dentelle ? Avait-elle suivi Björn, récupéré Alexander et espionné ses voisins ? Pour lancer ensuite ces paroles vénéneuses au visage de Sara ?

Elle n'avait pas prononcé le nom d'Alexander et n'avait pas paru se soucier de sa présence sur le ponton. Si elle avait surpris Björn en plein acte, elle ne se serait pas comportée ainsi, n'est-ce pas ? D'ailleurs, elle l'avait dit elle-même au dîner : si on s'en prenait à son chat, elle ne répondrait pas des conséquences.

Sara ressentit le besoin d'en discuter avec Björn, mais lorsqu'elle l'appela à son hôtel, il était sorti. Sa conférence était suivie d'un dîner. S'il rentrait trop tard, il ne la rappellerait pas, de peur de la réveiller. D'ailleurs, c'était idiot de lui résumer l'incident au téléphone. Il la croirait, bien sûr. Mais il aimait bien Agneta.

Elle scruta les environs par la fenêtre. Le chat des voisins avait disparu. Le vent sifflait, mais elle refusa d'y entendre le miaulement d'un chat siamois mort depuis longtemps. Ni celui d'Alexander, d'ailleurs.

Elle mangea, puis, son ordinateur sur les genoux, ouvrit des pages pêle-mêle, les parcourant à toute vitesse. La vue d'un chat est six fois supérieure à celle d'un être humain mais, tout comme ce dernier, il est complètement aveugle dans le noir complet. C'est chez les Égyptiens qu'on trouve les traces les plus anciennes de chats apprivoisés. La déesse égyptienne de l'amour était représentée soit comme un chat, soit comme une femme à tête de chat. Selon la tradition, les sorcières entretiennent un lien privilégié avec les chats. Les chats siamois sont connus pour leurs yeux bleus et leur poil sombre autour du museau. Ils sont intelligents et ont de bonnes capacités cognitives. *Les Aristochats* est un film d'animation de 1970 basé sur un récit de Tom McGowan et Tom Rowe.

Brusquement, elle décida de prendre une douche. Elle resta longtemps sous le jet d'eau, laissant le liquide chaud s'écouler le long de son corps jusqu'à ce qu'il soit tout rouge. Puis elle se rinça à l'eau froide. Le liquide glacial lui piqua la peau comme des aiguilles.

Lorsqu'elle ressortit, le miroir de la salle de bains était couvert de buée. Si quelqu'un avait tenté de l'espionner, la vapeur lui aurait bouché la vue. Elle passa la main sur le verre, dégageant un cercle dans lequel apparut son reflet. Entourés par ses cheveux collés à ses joues encore mouillées, ses yeux paraissaient anormalement grands.

Dans la chambre à coucher, elle enfila le pyjama de Björn et s'allongea sur sa moitié du lit. Michka la rejoignit. Sara décida de la laisser dormir à côté d'elle sur un coussin. À travers les vitres, un bruit de moteur bourdonnait, augmentant et diminuant par vagues. Michka se blottit contre elle et se mit à ronronner. Sara l'entoura de son bras. Les bourdonnements la bercèrent jusqu'au sommeil.

D'abord, elle crut qu'il s'agissait de Michka. L'horloge indiquait deux heures et demie. Sara s'était endormie, et Michka n'était plus dans son lit. Il y eut un bruit. Une porte qui s'ouvrait. Un frottement rauque, comme des tiroirs ou des chaises qu'on déplace.

Son corps se recroquevilla. Elle resta allongée ainsi un moment, la peur au ventre. Silence. Puis des pas traînants suivis d'un grincement.

Elle tâtonna, cherchant son téléphone portable, puis se souvint qu'elle l'avait laissé en bas, sur le canapé. S'enfuir par la porte ? Impossible. Elle pouvait essayer de se faufiler par la fenêtre, mais elle risquerait une chute de plusieurs mètres. Ou encore se cacher sous son lit.

Comment cela pouvait-il lui arriver ? C'était impossible. Pas à elle.

Alors, elle entendit Michka. Un miaulement épouvanté, un crachement, puis un coup violent. Un marmonnement. Il y avait quelqu'un en bas. Un individu s'était introduit chez elle et torturait son chat.

La colère l'envahit et ne lâcha plus prise. Elle se leva, attrapa des ciseaux dans son nécessaire de couture et descendit les escaliers pas à pas, brandissant les ciseaux. Lorsqu'elle cria à l'intrus de sortir, de lâcher son chat, elle ne reconnut pas sa propre voix.

Un coup s'abattit sur elle. Une douleur aiguë, une explosion de lumière. Puis l'obscurité.

Chapitre sept

Ils étaient assis sur le canapé, leurs plateaux de petit déjeuner sur les genoux. Un bandage autour de la tête, Sara bougeait le moins possible.

Elle mâchait lentement sa tranche de pain grillé. Quelle différence avec le régime hospitalier ! Les patients, par ailleurs fort sympathiques, étaient très bien soignés, mais une semaine d'odeurs blanches, de rondes, d'examens et de perfusions, elle avait eu sa dose. Maintenant, elle comprenait mieux que jamais sa grand-mère.

– Tu as mal ? lui demanda Björn pour la cinquième fois en une heure.

Voilà ce qu'on pouvait appeler de la prévenance.

– Pas trop. C'est très bon.

– Il faut que tu manges pour reprendre des forces. D'ailleurs, j'y veillerai.

Sara parcourut la maison des yeux. Le panorama était supportable depuis que le désordre le plus visible avait été déblayé. Juste après les événements, Björn avait éludé ses questions, s'en tenant aux faits irréfutables. Vitres brisées. Tableaux lacérés. Tiroirs retournés. On n'avait rien volé, sauf les bijoux de Sara

– un héritage dont la perte lui était presque aussi douloureuse que le sort de Michka.

La chatte et sa maîtresse étaient rentrées à peu près en même temps de leurs consultations respectives ; Sara, un bandage autour de la tête, Michka, un cornet en plastique autour du cou. Elles devaient toutes deux éviter de tripoter leurs points de suture respectifs.

– J'ai reparlé avec notre assureur. Je te raconte la conversation ? Tu as la force de l'entendre ?

– Aucun problème.

– Nous sommes couverts pour presque tout. Ils nous ont félicités de nous être assurés dès que nous avons emménagé.

– Il ne reste plus qu'à recommencer les travaux.

Björn sortit avec sa tasse. Il caressa Michka en passant. La chatte secoua la tête, agacée par le cornet en plastique qui tapait contre le sol.

– Mais ils se sont montrés moins optimistes en ce qui concerne tes bijoux. Impossible de retrouver leur trace. On a pu les offrir à des petites amies ou les sortir du pays. Même s'ils n'avaient pas grande valeur.

– Pour moi, ils sont irremplaçables.

– Je sais. Le principal, c'est quand même que tu t'en sois aussi bien sortie, Sara. Tu as eu de la chance.

Des souvenirs lui traversèrent l'esprit. Bruits. Peur panique. L'idée idiote qu'elle aurait pu effrayer des cambrioleurs armée d'une paire de ciseaux de couture. Sur le moment, épouvantée par les cris de

Michka, elle ne s'était pas posé la question de l'identité de l'intrus.

– Et j'ai encore parlé avec la police. Eux aussi disent que tu as eu de la chance. Étant donné l'état de la maison, ce sont des brutes qui nous ont cambriolés, ça ne fait aucun doute.

– Une brute. Il n'y avait qu'une personne. Je te l'ai déjà dit.

– Le cambrioleur devait avoir un complice, même si tu ne l'as pas vu.

– Pas « le cambrioleur », la cambrioleuse.

Björn fit mine d'ignorer la remarque. Les intrus avaient pillé et vandalisé le rez-de-chaussée sans se soucier de la présence d'un propriétaire éventuel. C'était le premier cambriolage d'une telle violence dans les environs. Les voleurs habituels ne se donnaient pas la peine de saccager les meubles et la décoration intérieure.

Ils avaient pu venir de la mer. Des malfaiteurs arrivés en bateau avaient déjà sévi dans la commune voisine. Mais contrairement aux agresseurs de Sara, ils entraient par les fenêtres à l'aide d'une échelle. Cependant, le coup que Sara avait reçu sur la tête avait été asséné à l'aide d'une rame en bois, que les assaillants avaient abandonnée dans leur fuite. On avait trouvé des taches de sang sur l'objet.

– Rien n'a été volé sauf mes bijoux. Nos travaux sont anéantis. C'était une attaque personnelle contre nous… contre moi. Elle voulait nous faire du mal, à Michka et à moi.

– Je t'en prie, Sara, ne recommence pas. Ce sont des accusations graves. Il peut y avoir d'autres explications au comportement de ces… maraudeurs.

Björn semblait partagé entre inquiétude et agacement. À l'hôpital, elle lui avait raconté les résultats de ses recherches à la bibliothèque. Björn l'avait écoutée. En effet, il semblait qu'Agneta avait vécu dans leur maison et qu'un terrible drame s'était déroulé dans les environs. Mais de là à prétendre que, jeune adolescente, elle aurait volontairement noyé la maîtresse de son père et éventuellement son chat… On frôlait la calomnie. Pourquoi déterrer un épisode tragique de sa vie qui avait sûrement été traumatisant, puisque déjà, à l'époque, la police n'avait rien pu prouver ? Pas étonnant qu'elle ne se montre pas très loquace à ce sujet…

– Tu les as croisés ?… Lars et Agneta.

Sara avait du mal à prononcer leurs noms.

– Non, pas depuis la dernière fois, c'est-à-dire il y a une semaine. Mais la police a dû interroger Lars. Je suppose.

Sara repensa à ce que lui avait raconté Björn. La prévenance et la compassion de leurs voisins. La terrible vision qu'avait dû affronter Lars en entrant chez eux. Le saccage. Sara et Michka étendues sur le sol.

Que faisait-il là en pleine nuit ? Sara ne pouvait que le deviner. Si elle était convaincue que la silhouette vêtue de noir qui avait essayé d'enfouir Michka dans un sac avant de les assommer toutes les deux était bien celle d'Agneta, le rôle que Lars avait pu jouer dans le déroulement des événements demeurait flou. Soit il ne savait rien de ce qui se tramait, soit il était complice. Dans les deux cas de figure, il semblait logique qu'il les ait trouvées. Dans le premier, après avoir été réveillé en pleine nuit par le bruit, dans le second, pour éloigner les soupçons de son couple.

Il avait prétendu avoir eu du mal à dormir, être sorti dans son jardin pour regarder la lune et avoir entendu quelque chose de bizarre.

Sara frémit. Sa tête grouillait comme une fourmilière dans laquelle un géant semait la panique en remuant un bâton. Si seulement sa grand-mère était là... D'un commentaire laconique, elle aurait redonné à toute cette histoire ses justes proportions.

Il y avait comme une épée de Damoclès suspendue au-dessus d'eux : qu'allait-il arriver maintenant ? Recommencer les travaux, avait dit Sara. Leur foyer, leur nouvelle vie, leur existence, tout était en lambeaux, à l'image de leurs tableaux lacérés.

Elle reposa son assiette vide. Björn s'apprêtait à partir. Vêtu avec soin, comme d'habitude, il semblait déplacé dans ce capharnaüm. Déplacé dans ce décor, dans cette maison. Chez eux. Elle revit son regard dans le taxi pour l'aéroport. Ravi, exalté.

En contraste avec l'élégance de Björn, Sara portait

un survêtement et de grosses chaussettes de laine. Sous son bandage, sa tête la démangeait. Elle ne s'était pas lavé les cheveux depuis plusieurs jours.

– Et pour Agneta, on fait quoi ?

Elle avait été sur le point de dire « je fais quoi », mais s'était ravisée. Sans Björn, elle n'arriverait jamais à se sortir de ce nid de guêpes.

– Vous ne pouvez pas mettre les choses à plat, en parler ?

– C'est ce que je lui avais proposé quand elle m'a insultée.

« Et frappée », allait-elle ajouter, mais elle se retint.

– La situation a changé. Maintenant, tu es à plaindre. Ça peut faire des merveilles.

En parler. C'était justement ce que Sara voulait faire, ce jour-là. Les inestimables pouvoirs thérapeutiques du dialogue devaient exercer leur action bénéfique sur Sara et Agneta, sous les yeux de Lars et de Björn, témoins muets ou supporters bruyants. Lars et Björn qui en pensaient... quoi, finalement ?

– Tu crois vraiment qu'on va arriver à régler le problème ?

– Bien sûr ! Toi et moi, ensemble, on peut tout résoudre. Mais d'abord, est-ce que tu vas arriver à te débrouiller aujourd'hui ?

Il allait donc la laisser là, seule, à quelques mètres d'une folle furieuse. Cela dit, à la lumière du jour, Sara éprouvait plus de colère que de peur.

– Je me débrouillerai.

– Promets-moi de te reposer et de ne pas courir à droite et à gauche. Pas de rangement. Et ne rumine pas trop.

En se levant, elle eut le tournis. Il lui fit un baiser sur la joue.

– Je t'appellerai pour vérifier que tu te tiens tranquille, ajouta-t-il avant de s'éloigner dans le couloir.

Un au revoir, et il était parti. Il avait tout de même promis de rentrer tôt et de leur préparer un bon petit dîner. Sara erra sans but dans la maison. Elle remplit les gamelles d'eau et de nourriture de Michka, pressentant déjà qu'elle ne suivrait pas les conseils de Björn.

Elle regarda les tableaux posés contre le mur, les uns derrière les autres. Les entailles. Les cadres fêlés. Dehors, le soleil brillait : une journée bien trop belle pour les débris et le désespoir.

Dans la salle de bains, la fenêtre était à nouveau béante. Le tableau posé devant en guise de cache avait été fracassé contre le carrelage. Sara tenta de se donner l'air convenable en lavant les cheveux qui dépassaient de son bandage et en se maquillant un peu. Au rez-de-chaussée, elle enfila laborieusement ses bottes et son blouson sous le regard de Michka, qui n'avait manifestement pas l'intention de la suivre.

Sur le pas de la porte, l'air frais et salé fouetta son visage. Elle fit le tour du jardin pour inspecter les résultats de son labeur, dont ceux qui reprendraient la maison après eux se réjouiraient certainement. Les voisins aussi, peut-être. Les voisins. Finalement, ils avaient seulement fait la connaissance de Lars et d'Agneta.

Pourquoi Agneta était-elle revenue ici, alors que ce lieu devait remuer des souvenirs affreux ? Peut-être éprouvait-elle une obscure satisfaction à transformer à sa guise la maison dans laquelle avait autrefois régné la maîtresse de son père. D'ailleurs, les criminels revenaient toujours sur le lieu du crime, c'était bien connu. Voilà l'explication. Évidemment.

Bouillonnante de rage, le cœur battant, Sara ignora la douleur et se dirigea vers chez Lars et Agneta. Une à une, elle monta péniblement les marches et sonna. Pas de réponse. En milieu de matinée, un jour de semaine, quelle idiote... Cela dit, ils étaient très souvent à la maison, soit l'un, soit l'autre. Grâce à leurs métiers respectifs, ils pouvaient se le permettre, et ils en profitaient.

Elle attendit et sonna encore. Toujours pas de réponse. Leur voiture n'était pas garée devant la maison. Sur la pelouse, une hache gisait, ce qui ne ressemblait pas à Lars. D'ailleurs, se dit Sara en regardant autour d'elle, quelque chose avait changé. La maison semblait... abandonnée.

Sara rentra chez elle, déçue. Elle aurait pourtant volontiers eu cette fameuse conversation. Sale pute.

Elle aurait demandé des explications, poussé Agneta à se justifier, à parler jusqu'à se trahir, à dire le mot de trop dans un accès de colère. Il était peu probable que cette dernière eût pris le risque d'assommer à nouveau Sara, qui plus est en plein jour.

Songeant à sa grand-mère, Sara se mit en marche. Lea ne s'était jamais encombrée de qu'en dira-t-on. Elle n'avait jamais pris de précautions oratoires. Elle avait toujours protesté haut et fort, se fichant des conventions sans importance. Cela avait déplu. Elle avait prêché de sages paroles sans les imposer ni mépriser son interlocuteur. Sara avait-elle voulu l'imiter en s'installant dans ce lieu désolé ? Ne pas se soucier des règles tacites et répandre l'idée que le jardinage n'était pas si contraignant qu'on le croyait ?

Elle traversa prés et champs jusqu'à la plage, où elle observa les bateaux amarrés au port. Un chat jouait devant un café, peut-être dans l'espoir d'y trouver quelque chose de comestible. Il paraissait insouciant – il évoluait sans doute en dehors du territoire d'Alexander. Sara le caressa. Il joua un moment avec son bracelet, puis lui tourna le dos et s'éloigna sans un regard.

Lorsque les cognements reprirent sous son crâne, elle rebroussa enfin chemin. Si Björn apprenait la distance qu'elle venait de parcourir, il la gronderait. Pendant son errance, le temps lui avait semblé suspendu, mais l'horloge s'était remise en marche avec des tics et des tacs retentissants. Sara éprouvait une difficulté croissante à reprendre son souffle. En approchant de chez eux, elle était baignée de sueur.

Une voiture inconnue stationnait devant la maison des voisins, dont la porte d'entrée était grande ouverte. À l'idée d'affronter à nouveau Agneta, Sara stoppa net. Elle l'avait reconnue dans la nuit, aucun doute : ses mouvements souples, coulants – comme ceux d'un chat, à vrai dire. Sara l'imaginait jeune adolescente, longeant la plage à pas de loup, trouvant les beaux habits, les chaussures, manœuvrant habilement le bateau à moteur, tournant en rond autour de sa proie – l'objet de sa haine la plus féroce –, la forçant à nager jusqu'à l'épuisement. Jetant ensuite ses habits à l'eau, peut-être aussi le distingué chat siamois.

On pouvait avoir le cœur brisé pour de multiples raisons. L'abandon en était une. Autre possibilité : que la défunte mère ait soupçonné sa fille d'avoir commis un crime abominable. Une adolescente déboussolée, lorsque son sens de l'injustice se déchaîne comme une tempête en pleine mer et que sa colère rugit comme un vent de force 7, est capable de diriger sur l'objet de sa haine une violence décuplée.

Mais peut-être Björn avait-il raison. Peut-être ces scénarios n'étaient-ils que des vues de l'esprit sans aucun rapport avec la réalité.

Soudain, une inconnue apparut sur le seuil de la maison et descendit les marches.

Sara la salua distraitement, impatiente de rentrer chez elle et de pouvoir enfin s'allonger. L'inconnue, âgée de la soixantaine, s'approcha de la voiture garée, puis se retourna. Ses habits témoignaient d'une élégance discrète. Un châle en cachemire recouvrait ses épaules. Elle tendit la main à Sara avec un grand sourire.

– J'en profite pour me présenter. C'est vous qui habitez en face, n'est-ce pas ? Ingalill.

Sara tenta de lui rendre son sourire.

– C'est miraculeux, ce que vous avez fait de cette vieille masure ! reprit la femme. Elle a été à l'abandon pendant si longtemps... C'était un tourment permanent pour Bertil et moi de la voir tomber en ruine comme ça. Et je ne parle même pas du jardin.

– Vous habitez où ? demanda Sara, éberluée.

Ingalill souriait toujours.

– Nous sommes les propriétaires de cette maison-ci, en face de la vôtre. Excusez-moi, vous ne pouviez pas le deviner. Je me disais que vous aviez peut-être rencontré nos locataires. Enfin, ils sont partis depuis un moment. Nous-mêmes, nous vivons à l'étranger. Pour l'instant, Bertil est en poste à Bruxelles. Nous y sommes très bien, mais tout ceci nous manque, évidemment. C'est le plus bel endroit du monde.

Était-ce la douleur qui martelait à l'intérieur de son crâne ? Sara répondit, mais son regard vacillait.

– Nous connaissons Lars et Agneta. Ils ne nous ont

jamais dit qu'ils étaient locataires. Ils ont toujours parlé de la maison comme si elle leur appartenait.

Ingalill eut l'air surprise.

– Lars et Agneta ? Qui est-ce ? Nos locataires s'appellent Alsterdal. Barbro et Klas. Ils louent la maison depuis très longtemps et sont partis il y a trois mois faire un long voyage avec leurs enfants. Ils voulaient en profiter avant que les petits ne commencent l'école. En plus, Bertil et moi étions sur le point de revenir. Ça nous a permis d'emménager directement.

Sara s'apprêtait à tout lui raconter : leur rencontre avec Lars et Agneta qui leur avaient fait visiter la maison où ils vivaient depuis des années. Le dîner auquel ils avaient été conviés, Björn et elle.

Dans une maison qui appartenait à Ingalill et Bertil… Louée à Barbro et Klas.

Ingalill parut soudain contrariée.

– C'est vraiment affreux. On rentre chez soi et la première nouvelle qu'on apprend, c'est qu'un terrible cambriolage a eu lieu juste à côté. Il y a eu de la visite chez nous aussi, d'ailleurs. Enfin, on ne nous a rien pris. Mais quelqu'un a séjourné récemment dans la maison, ça se voit. J'ai trouvé des draps sales dans les lits et des serviettes utilisées dans la salle de bains.

« Les intrus ont vidé notre cave à vins, ce qui a rendu Bertil fou de rage. Pas étonnant, on avait des bouteilles de grande valeur. Sûrement des sans-abri qui sont entrés par le soupirail de la cave. Ils auront dormi au chaud pendant quelques semaines. Des squatteurs, comme on dit à l'étranger. Soit dit en passant, il y a des influences étrangères dont on se passerait bien. La criminalité, par exemple. Bertil travaille justement sur ces questions. Le crime organisé. Enfin, nul n'est prophète en son pays.

Elle sembla prendre brusquement conscience de ce que Sara lui avait dit.

– Vous disiez que vous aviez croisé des gens ici ? Lars et Agneta ?

Le sol se mit à tanguer sous les pieds de Sara, les contours d'Ingalill se brouillaient.

– Oui, c'était... ils ont dit qu'ils étaient... nos voisins.

– Ma pauvre ! Mais vous...

– Excusez-moi. Il faut que je rentre m'allonger. Je n'aurais pas dû sortir.

– Vous êtes pâle comme un linge.

Ingalill cria quelque chose en direction de la maison rouge, prit fermement Sara sous le bras et la conduisit chez elle en déplorant la lenteur des enquêtes de police et le toupet des gens. Ayant aidé Sara à s'allonger sur le canapé, elle se rendit dans la cuisine. Bientôt, elle réapparut avec une tasse fumante.

– De l'eau, du citron, du miel, du thé et du whisky. Je tiens la recette de ma famille finlandaise. Vous avez besoin de repos. Je rentre appeler la police.

– Vous pourriez aller me chercher mes analgésiques ? Ils sont en haut, dans la salle de bains.

Sara se sentait incapable de faire un pas de plus sans s'effondrer.

– Bien sûr !

Ingalill disparut et revint avec la boîte de médicaments. Puis, regardant autour d'elle, elle se lança dans une harangue sur la violation de domicile, sur la nécessité de peines plus sévères et sur le confort exagéré des prisons. De quoi avaient-ils l'air, au fait, ces Lars et Agneta ? De vagabonds ? Décidément, cette histoire devenait de plus en plus bizarre.

Sara sentit le goût amer du cachet. Ingalill regarda l'heure.

– Bertil doit se demander où je suis passée. Il faut que je lui raconte ce que vous m'avez dit. Vous pensez pouvoir…

– Oui, je me débrouillerai.

– Je passerai vous voir tout à l'heure pour vérifier que vous allez bien.

– C'est inutile.

Ingalill hésita.

– Vous en êtes sûre ?

– Absolument. J'appelle mon compagnon, dit Sara sur un ton qui, l'espérait-elle, ne laissait pas de place au doute.

Son seul désir était de se retrouver seule et de prendre le temps de réfléchir avant d'appeler Björn. Michka sortit de derrière un fauteuil, son cornet en plastique pendu de travers autour du cou. Ingalill la caressa.

– Qu'il est mignon...

– Oui. C'est une chatte.

– Voilà ce qui m'a manqué le plus pendant nos années à Bruxelles. Notre chat. Nous n'avons pas pu l'emmener avec nous, étions en appartement. Ce n'est pas une vie pour un chat, un appartement. Surtout pas pour le nôtre.

– Votre chat ?

– Nos locataires s'en sont occupés pendant notre absence. En fait, sans cela, nous ne leur aurions pas loué la maison. Cela dit, ils l'ont fait avec plaisir. Et depuis leur absence, le chat est en pension. C'est un norvégien. Vous le verrez sûrement quand on aura été le chercher.

– Oui. Sûrement.

Ingalill répéta qu'elle avait été ravie de rencontrer Sara, malgré les circonstances. Enfin, cela prouvait justement l'importance du bon voisinage. Quand on entretenait de bonnes relations avec eux, les voisins étaient toujours là pour donner un coup de main ou garder un œil sur les propriétés.

Dire qu'aucune de leurs vieilles connaissances n'avait remarqué quoi que ce soit de bizarre alors que des inconnus s'étaient installés chez eux ! Il en fallait moins pour se poser des questions. D'un autre côté, leurs locataires avaient sûrement eu des invités. Les gens du coin prenaient peut-être pour acquit qu'ils aient sous-loué la maison. Dans ce pays, les gens restaient dans leur coin et les conversations chez l'épicier ou dans la rue étaient réduites au strict minimum, c'était malheureux !

De très mauvais goût, toute cette histoire. Que savait-on des gens, au fond ? La peur de se mêler des affaires des autres, et ainsi de suite. Cela prêtait à réfléchir. Bertil se chargerait sûrement d'organiser des activités en commun. Une collaboration entre voisins.

Ingalill se tut, inclinant pensivement la tête.

– Vous devez avoir d'autres soucis, mais j'ai une dernière petite remarque à vous faire… J'ai vu que vous n'aviez pas de rideaux devant la fenêtre de votre salle de bains. Peut-être à cause du cambriolage. Vous savez, quand on est à l'intérieur, on ne comprend pas à quel point on est visible de l'extérieur. De la maison d'en face, par exemple. Ça ne vous ferait pas de mal d'accrocher des rideaux. Les précédents propriétaires en avaient mis, au bout d'un moment.

Ingalill se sauva enfin. Le claquement sourd de la porte d'entrée résonna dans la maison. Sara resta un moment étendue, incapable de bouger.

Puis elle se leva et appela Björn.

Chapitre huit

Le chat était allongé dans l'herbe tendre, qui s'endurcirait au fil des saisons. Entre les brins, dans un scintillement grisâtre, des pierres reflétaient la lumière du soleil.

Des voiles battaient au vent, des bruits de moteur se mêlaient aux bavardages sur les ponts. En ce début d'été, les parfums envahissaient l'atmosphère, pêle-mêle : sueur, huile, graillon, fleurs. Ce festival de sensations culminerait quelques semaines plus tard, puis le calme reviendrait. Petit à petit, les mouvements se figeraient.

Le chat s'étira. Il aperçut un bourdon, mais s'abstint de le chasser. Il pensait au soir, au subtil crépuscule. Aux murmures qui sortiraient des recoins.

Il arpenta la terre. On avait rebouché les trous, les mottes déplacées avaient retrouvé leur place. Dans un coin, des pierres amoncelées offraient un petit paradis aux souris. Qu'elles y restent. Qu'elles se réfugient dans leurs trous, qu'elles s'y sentent en sécurité. Rien ne pressait.

Au bord du jardin, la fourmilière avait grossi. L'une après l'autre, les tentatives de vaincre ses habitants

avaient échoué. Les insectes avaient creusé de nouveaux tunnels, traîné de nouvelles proies jusqu'à leurs
garde-manger. L'assiduité de ces petites bêtes pouvait
paraître familière. L'homme a tendance à refouler, lui
aussi – c'est ce qui le rend homme.

Le rhododendron tapissait le dallage du sentier d'une
couche de fleurs flétries. Sous ses feuilles impertinentes,
on pouvait épier les allées et venues des hommes. Des
voitures se garaient sur la route, y restaient un moment,
disparaissaient.

Des gens avaient fait le tour de la propriété, s'arrêtant
sur le ponton, commentant la vue comme si elle leur
appartenait, ou comme si ce serait bientôt le cas. Personne ne remarquait le chat. Et personne ne l'épiait
plus à travers les fenêtres.

Il se faufila jusqu'au bout du jardin et se frotta contre
le panneau fraîchement planté. L'écriteau resterait un
temps. Puis on l'ôterait. Puis on en remettrait un.

La floraison du pommier était passée. Les oiseaux
tournoyaient autour des fruits naissants. Ils attendaient.
Tout comme la teigne du pommier. Les vers attendaient aussi, sous terre.

Postface

Après maints efforts de persuasion, Selma arriva enfin chez nous. Ma fille Sofi, qui a un cœur d'or, avait d'abord voulu que nous prenions en pitié un chien des rues roumain. Nous avions émis un certain nombre d'objections. Elle se mit alors à parler d'un chat.

Le chat : un animal propre. Très indépendant.

Lorsque ma fille nous montra la photo d'une chatte norvégienne d'une beauté chavirante, il n'y eut plus grand-chose à faire.

Selma fit son entrée dans notre vie : une petite boule de poils pleine de vitalité, qui possédait un grand sens de l'intégrité. Nous la gardâmes à l'intérieur de la maison, puis, à l'arrivée de l'été, elle se retrouva bientôt dans son milieu naturel, le grand air. Nous étions à la campagne, sur la côte ouest de la Suède. Elle attrapait des souris, grimpait dans les arbres et embellissait les rochers gris de sa silhouette suave. Le soir, quand elle en avait envie, elle se blottissait contre nous. Le bonheur semblait parfait.

Nous rentrâmes en ville et la catastrophe arriva. Le chat des voisins, qui a toujours considéré notre jardin comme partie intégrante de son territoire, n'appréciait pas le nouvel ordre des choses. Il attaquait Selma dès qu'elle mettait le nez dehors, ce qui, bientôt, l'en dissuada. Par la force des choses, notre chatte d'extérieur devint un animal d'intérieur de plus en plus malheureux. Les conséquences ne tardèrent pas à se faire sentir.

Elle ne se laissait plus cajoler. Les poils de chat envahissaient l'appartement. Quelques mois plus tard, nous fûmes forcés de constater que Sofi était devenue allergique. Le jour où nous laissâmes Selma – heureusement, à de bons amis qui vivaient dans une ferme –, Sofi ne fut pas la seule à pleurer à chaudes larmes.

Nos voisins ne sont toujours pas conscients du rôle qu'a joué leur chat dans notre vie. Nous ne pouvions pas leur demander de l'empêcher de se balader chez nous.

Le destin de Selma, lui, devint un récit (un peu plus fantaisiste que l'histoire vraie dont il est inspiré, précisons-le) publié en 2010 dans Drama queens, une anthologie réunissant cinq romans courts écrits par cinq écrivains. Le titre du mien en suédois, Runda i ögatsom katten *(Les yeux ronds comme ceux d'un chat)*, me venait d'un proverbe qu'utilisait souvent ma mère : « Mes enfants sont beaux et gras, les yeux ronds comme ceux d'un chat. Les voisins sont maigres et laids, les yeux fins comme ceux d'un chien. »

Le destin de Selma se poursuit donc au-delà de sa ferme – bien qu'elle ignore royalement tout ce qu'elle a provoqué. Ou pas. Les neuf vies du chat, ses mystérieux instincts, qui appartiennent, nul doute, à la sphère magique, lui donnent l'air d'en savoir bien plus qu'on ne croit.

Une chose est sûre : un chat n'est jamais complètement domestiqué. Par ailleurs, Selma est maintenant harcelée par un dénommé Leo, le chien de la ferme. Quant au chat de nos voisins, il déambule toujours dans notre jardin comme bon lui semble. Et nous le laissons faire.

Maria Ernestam, juin 2014

OUVRAGE RÉALISÉ
PAR L'ATELIER GRAPHIQUE ACTES SUD.
REPRODUIT ET ACHEVÉ D'IMPRIMER
EN AVRIL 2019
PAR NORMANDIE ROTO IMPRESSION S.A.S.
À LONRAI
POUR LE COMPTE DES ÉDITIONS
ACTES SUD
LE MÉJAN
PLACE NINA-BERBEROVA
13200 ARLES.

DÉPÔT LÉGAL
1RE ÉDITION : MAI 2019

N° impr. : 1805115

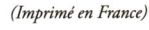

(Imprimé en France)